U0054582

思想觀念的帶動者

文化現象的觀察者

本土經驗的整理者

生命故事的關懷者

心靈工坊 PsyGarden

STORY

在奔馳的想像中尋找情感的歸屬
在迷離的經驗中仰望生命的出口
在波動的人性中釐定掙扎的路徑
在卑微的靈魂中趨近深處的起落

找回聲音的美人魚

胡慧嫚 著

【推薦序一】

當黑夜率眾星來臨

鍾文音（小說家）

當黑夜率衆星來臨，我們卻闔上了眼。我們害怕黑夜，而忘了仰頭。黑暗虛空裡星星恆是燦爛，那幽微之火，需要一顆細緻之心，停格駐足，才能目睹那千變萬化的精彩流變。

慧嫚新書《找回聲音的美人魚》，延續她上一本書《溫柔是你，剛強也是你》的敘事語境，但這本新書則走得更深，且把往事挖出一道道如深淵的黑暗，臨淵駐足，發現淵底有歌聲在歡唱，在召喚，原來光亮是你，陰暗也是你。

從雜誌到心理領域，慧嫚一直擅長聆聽與陪伴，但卻又不失犀利。溫柔的銳利之眼，在在處處於人生的擱淺處描摹著黑暗，陰影是傷但也有淬鍊之美。她不斷地提點那個黑暗裡的自己其實是一尾遺忘歌聲的美人魚，「內心的暗影」其實是襯托明亮的淬鍊基底，就像繪畫一樣，沒有黑暗的層次，就無法彰顯明亮的立體。

美人魚的歌聲天生俱足，爲何要出發去找回它？

慧嫚一開始就讓那個易晴站在徘徊的十字路口，帶著不知名的徬徨，突然就站上了人生的懸崖邊上，當下動彈不得的窒息感，讓她頓時好想要一個人走得遠遠的，把整個世界都丟掉。慧嫚一開始就在敘事上下了刀口，迷惘的角色上場，想要出發上路去尋找失去的原本面目，那個被她長期忽略遺忘的自己。

這本書就像是一趟又一趟的旅程，曾想斷尾求生（丟下整個世界）的美人魚易晴，在過程中不斷進入往事的黑暗召喚，出現各種情緒解離式對自我存在的叩問！內在的聲音，讓她深知自己再也不想要活在別人眼中。但自己是誰？哪個我才是自己？還是每個我都是自己？她在看似完整的生活中，卻逐漸感到破碎，在前方一片無障礙中，入處怎麼卻迷霧重重？

我們閱讀此書時，就被鉤到了與易晴一同疼痛的血肉，她的前方也彷彿是我們的未知，此方他方，究竟何者才是出口？幸福的內裡躲藏傷痕的臉孔。

透過蘇青的叩問（也像是自我的對鏡）、各式各樣的情境建構、層層叩問追索、心畫心語……，最後看見撕裂的縫隙卻恰恰就是透光之所在！裂縫無須彌補，裂縫是完美的一部份，完美也包含裂縫，歲月的裂縫、感情的裂縫、職場的裂縫讓人心慌，但慧嫚提出的正是不要否定人生的暗面，別「蓋住」縫隙，而是駐足去探看裂縫，甚至欣賞裂縫。

因為裂縫正是黑暗的救贖微光。

慧嫚就像是易晴與蘇青的謀合者，逐步描摹，細緻勾勒，接受自己的陰影與脆弱，反而能夠有意識地察覺自己的來處；面對自己的掙扎與難處，最終才不是拋棄自己，或繼續讓關係受困停滯，而是開始與自己的內在親密，與外在和諧。

可是這一切道理都不能只是心靈雞湯，畢竟心靈雞湯喝多了，文字只是自欺欺人。

只要願意走上面對自我這條路，就會逐步成爲勇於接受自己且想要改變的孤獨騎士，於是易晴看到自己並非是自己想像中的樣子，更不是別人眼中的自己，在她走上面對自我這條路之前，她已經被自我身分或他者的定義殺死無數次了。蘇青陪易晴一次又一次地擺脫身分與往事的桎梏，讓自己有可能獲得新生。療癒過程中最特別的路徑是以畫爲鏡，一種類似存在藝術治療的視覺導引過程。

畢竟人的痛苦與掙扎是普遍共通的經驗，或可說是不可避免的歷程，所以易晴的苦，或許也是我們過去或未來的對鏡。長期致力於開展Happy Talk的慧嫚，不走過往的路，她另闢蹊徑，將這十餘年來浸泡的心理諮商專業，放在更貼近個人的觀照之路上，這回還讓易晴親自提起畫筆，以畫爲鏡，觀察自己。

猶如曾經寫過《以畫爲鏡：存在藝術治療》的布魯斯．穆恩博士認爲：決定畫布大小、材料和技巧時，他的靈魂也同樣在經歷篩選的過程，這過程他形容有如海水蒸煮之後化爲

「鹽」，人的靈魂意識喜好也會逐一在畫布（或其他材料）上現形。這就是藝術治療的立論基礎。

我在紐約藝術習畫時，也上過藝術治療課程，深感同意此一論述。我以為創作就是一種召喚，把人被蒙蔽的東西顯現出來。如果創作者夠眞誠，深刻面對自我，確實具有某種精神療效。

以畫為鏡，以愛為筆，易晴也有了看見傷口的能力與結痂的新生突破。

慧嫚也是心理學大師榮格（C.G. Jung）的信徒，我自己也很喜歡《榮格自傳：夢、回憶和省思》，一個自傳書寫者高度的心靈挖掘，也是生命的一種典範追尋。過往我也常在自己的夢境裡經驗到榮格所說的神秘私密境地。「我的一生是一個潛意識充分發揮的故事。」他畢生致力於了解自己的夢和回憶、虛幻和現實交纏的情境，從來都是逼視著自己的內在旅程，他讓各種幻覺如火紅的岩漿般，讓欲加工的生命在其中被賦予了形狀。

進入潛意識、深深地觀望自身所行過的路途，解除個人被封印的往事，揭開被家族和社會化所馴服的野性，打開生命黑盒子，聆聽哀歡交織的命運之歌，藉著慧嫚的文字，也像是進行了一趟清除生命雷區的逐步檢驗工程，將自我的內在與傷痕對話，再次拼貼一個「我」的原型。

閱讀慧嫚的文字，也有如在挖掘內在，和榮格的再次相遇。在心理學家榮格的眼中，生命就像潛藏土裡的根莖植物，綻放在外的花葉縱有榮枯，醞釀生機的地下根卻恆在。

在午夜夢迴端視自己內在的「原型」，慧嫚捎來了溫柔的聲音，給了易晴（這名字也彷彿疫情，從疫情中轉為易晴）明亮月光般的指引——每個人都有覺醒的本能與力量，需要的只是打開心窗的意願與大刀闊斧的勇氣，還有真誠面對際遇的種種啓示。

我們每個人都不孤單。因為我們每個人在歲月長河中，或短或長都曾是易晴（也曾是蘇青），二者互為觀照，互為本體與客體。

慧嫚一直都是穿著個案的鞋子陪個案走路的溫柔引路者，她像是在與個案一起創作般，不選擇站在高高的指導者位置，而是與眼前這個人一起經歷整個生命過程，對眼前這個人保持開放與接納。正因為這樣的信念與態度，使得慧嫚的整本書充滿生活的細節，不時出現的困惑或靈光乍現的提點，也都展現出書寫者的一種「尊重的看見」與「溫柔的了解」。

於是我們得以讀到這本帶有創造性的心理療癒故事，它照亮陰暗，也顯現出生命高低起伏的樂章。

一路慢慢走來（慢慢走，速度才快）的美人魚，即使一路顛躓且差點溺水（自我放棄），終究因為遇見眞實的自己而沒被大浪吞噬，甚至藉著大浪回到了大海（生命的本體，覺察的自我）。

在大海中，裹著溫柔月光，仰頭星辰燦爛，美人魚終於發出了誘人心弦的歌聲，迴盪在曾經緊閉的心房……

【推薦序二】

無手的女孩長回雙手的旅程

張惠菁（作家）

我認識慧嫚已經有二十年。

最早是她在時尚雜誌工作時，我是剛出了一、兩本書的寫作者，接受過她的雜誌幾次訪問。那是剛剛越過千禧年界線的二〇〇〇年代，你會在媒體上看到各種對新時代的想像，一說是我們已然從雙魚世紀跨越到水瓶世紀。當時電腦網路還是個年輕的發明，有人說接下來即將是個全球化的時代，所有的阻隔都將被科技消弭，人與人之間會有無遠弗屆的串連。未來似乎是有一種新鮮的可能，但那個未來首先很快就被大量的成功學、職場神話、商業雜誌給攫取到它們的敘事之中。我至今記得，有一期商業雜誌的封面是一名創業者志得意滿面對鏡頭，標題大字印著他的話說：「不成功是很disgusting的事」。

再相見的時候，慧嫚已經離開雜誌工作。紙本媒體經歷一段動盪的時期，極盛而衰，業績越來越低迷，雜誌一家一家地收掉。這個水瓶世紀似乎已經不再是剛開始時那樣一味地樂觀、視成功為理所當然的了。它已經經歷過二〇〇〇年的網路泡沫化，二〇〇一年的九一一事件，二〇〇八年的全球金融次貸危機，而看起來開始有些蒼老、有點斑駁，甚至稍微浸入了悲觀的情緒。人們已經開始感到，新時代不知還會帶來多少的挑戰了。

慧嫚已經離開了職場，開始學習心理諮商。我已經去過上海，在一家數字營銷公司工作了三年後，因爲一樁故宮的官司而回到台灣，仍在同一家公司不很確定未來地工作著。我們在這個時期變成比先前更熟悉的朋友。官司結束後我到北京工作，慧嫚也被《心理月刊》雜誌邀請到北京擔任總編輯，我們當了一陣子室友，直到各自在不同的時間點上離開北京。回到台北，慧嫚完成了心理諮商碩士學位，有一個Happy Talk的工作室。我開始在出版社工作。

說實話，閱讀慧嫚這本書時，前半段我感到有些難以進入。蘇青與易晴之間的對話，那些鼓勵、愛、引導探索的對話，對我而言有點像是粉紅色的泡泡。我感到自己不願意踏入那些粉紅色的泡泡之中，但我認爲，慧嫚想寫的並不是一本文學意義上的小說，而是用說故事的方式來呈現一趟內在的旅程，這是一趟許多現代女性都會面臨，但或許不知道自己需要出發去走的旅程。

旅程的起點，是這些女性從小受到的教養，或在原生家庭之中目睹父母相處方式而襲染的兩性關係慣習，這些慣習使她們傾向不將問題說出口，自己在心裡扛著，並且經常以高標準要求自己。

這個默默扛負、要求自己的習慣，其實在一路上對她們造成許多的無助和傷。但在這些傷的另一面同時存在著的，則是對「愛」不切實際的高期望，因為從來不知道（或從來不被鼓勵去探索）如何表達、如何請求幫助，最後便落入「愛我就會懂我，不懂我就是不愛我」的兩分法。

當「愛」和「懂」被纏繞在一起，「愛」也就變得越來越艱難。易晴的重大突破，來自她意識到自己是可以主動伸出手去的，不需要被動消極地，等著別人來了解她。

這裡慧嫚放了一個《格林童話》中〈無手的女孩〉謎題的破解。

〈無手的女孩〉的故事是說，一名貧窮的磨坊主與惡魔做了交易，用磨坊後的東西交換財富。不料磨坊主的女兒正在屋後打掃庭院，遂就此變成父親與魔鬼的交易品。父親應魔鬼的要求砍斷了女兒的雙手。失去雙手的女兒離家遠行，在天使的保護之下來到了國王的果園，成為國王的妻子。然而一年後，國王出門遠行，遠距的溝通又發生問題，魔鬼在其中偷換訊息，遂使年輕的王后必須帶著兒子流浪出走。王后流浪到森林，被一位雪白的女士收留照顧，七年之中，她的雙手重新長出來了。這時國王也已經發現先前的錯誤，而到處尋找著妻子與兒子。三人最終團聚，國王找到的不是當年他在果園遇到的無手女孩，而是已經療癒，重新擁有自己雙手的王后。

慧嫚在講蘇青和易晴的故事時，實際上做了一個選擇，她不使用父權社會、厭女社會這樣的標籤，而只是專注地講述蘇青與易晴之間的對話。但她特別提到〈無手的女孩〉這個故事，則明顯指涉到在原生家庭中受過傷的女孩，到了婚姻之中繼續面對誤解和傷害，直到她能療癒自己，重新長出了雙手。故事之中王后離開王宮七年，被一位女士收留，這是否意味著必須先遠離親密關係中的對方，或說與父權社會拉開一段距離，才能擁有生長的空間？

慧嫚沒有這樣明說。但是「回到自己，從自己的心踏上旅程，療癒自己，長回自己的根、莖、葉，整合自己內在衝突最遙遠的極端（包括眼下無法接受、潛意識中深深排斥的那些自我），在這個過程中面對死亡、恐懼、傷害，而成為一個更完整的人」——這樣的訊息是清楚的。

雖然蘇青與易晴的語言，不是我的語言，但作為一個也曾經流浪到遠方的女性，我能認得這個故事。《格林童話》中的〈無手的女孩〉在森林裡的那七年，是發生了什麼才讓手能長回來？這個關鍵的部分《格林童話》說不出，它只是讓國王再一次找到了王后，而最重要的王后的自我療癒情節在童話中付之闕如。慧嫚藉由蘇青和易晴的對話，是在補上那七年的故事，不坐等也不期待國王來救，受過傷的女性自己長回雙手的故事。

過去一年（在這總統選舉的一年中）台灣社會出現過許多厭女言論，但另一方面，這一年也是前所未有地，有更多女性以更明亮堅定、各具個性的姿態，站出來承擔公職責任的一年。我們看到現代社會有許多女性關注的不是自己的傷、自己能否得到愛，而會想在旅程中

14

能更加大刀闊斧，踏出去主動擁抱、愛這個世界。

不只是困於自己的過往，曾經受過傷的無手女孩可以痊癒；社會上女性的集體的意識也可以從受害、承擔污名、等待被安慰，到有自己的雙手，有足夠的生命力去超越周遭那些不友善與壓抑的言語和力量。

這趟療癒和改變的旅程是可能的。但也必須是我們意識到，願意離開原來深陷在關係或過往傷害記憶裡的位置，走到起點去整裝。

慧嫚此書正是對這趟旅程的邀請。我認為這趟旅程可以發生在所有的時刻，也可以發生不只一次。

生命永遠可以因為納入此前未知、恐懼、排拒的暗影或他者，而更完整。

【自序】
一場微小且壯闊的旅程

一個人的名字，也許就是一個符碼，寓意著此生探尋的主題，也寓意著解開後與原本伏藏的智慧再次相遇。

若真是如此，既是「會慢（慧嫚）」又是「不會慢（胡慧嫚）」的我，註定在自身以及（與我相遇的）他者的生命裡，一起開展、共振、陪伴著，從「兩極對立」的拉扯、矛盾與痛苦的誤解偏失，摸索啓程，逐步走向「兩極整合」的自在、寧靜、完整的圓滿實相。

這本書，想和你分享的就是這樣的一段心旅程。

和我的上一本書《溫柔是我，剛強也是我》一樣，這不是一本心理專業書籍，但文字裡伏流著的是包括我愛的人本主義心理學派、薩提爾成長模式、完形、榮格、敘事治療學派……所帶給我的滋養，以及與我生命的共振與共鳴。

這也不是一本文學意義上的小說創作，而是繼續藉由小說的形式以及蘇青這個角色，揉入心理治療中包括對話、空椅法、直觀性繪畫與自由書寫……等多樣靈活的方式，陪伴女主角易晴展開一場從探索「內在兩極」的衝突開始，進而勇敢深探內心「暗影」的內在深層歷程。

在完成書稿進入出版編輯階段的這段時間裡，當我有機會和不同的他人互動對話，我開始發現，或許我在這本書中所觸及的「兩極」主題，既有明說的，也有暗隱的。

明說的，是小說中透過女主角易晴的受困與探尋，漸次浮現的「自我・他人」、「親密・疏離」、「溫和・幹練」、「暗影・光亮」、「死亡・誕生」——這些我們許多人在生命中同樣面對的對立兩難。

暗隱的，則是我如何看待人、看待生命、看待價值與意義的觀點。它影響的既是一個作者講述故事的出發點，也是一個作者定位鏡頭的擇選點。

這世界鼓勵也歌頌往外建構——往外追尋意義與價值，於是往個人內在走，意味著微小；這個世界也習慣獵奇——驚異與稀少才值得注目，於是平凡人的傷，往往被看輕忽略。但就如同這句話「爲什麼我們總在他人的故事裡痛哭流涕，卻在自己的故事裡轉身離去？」所帶出的反思一樣，也許看似軟弱的，才是眞正的勇敢；看似微小的，才是眞正的壯闊。

而我相信的是，傷，不需要被分級；痛苦，不需要被評比。我相信的是，眞正的平等，是你相信無論落在光譜（貧富、智愚、美醜、幸與不幸……）的哪一個點，每個人都有幸福也有痛苦，都有力量也有傷害。

我相信的是，每一個生命，都值得溫柔注視與陪伴。

這些年來，在包括我自己或者一次次陪伴他人（往內在自我出發探索）的心旅行裡，我深深的感受到，我們在原生家庭裡最被困住、最感到痛苦的，往往不是傷，而是混雜了「愛」與「傷」的「兩難」。

我們每一個人都值得在成年之後，爲自己指認出那些傷。然後開始明白，愛與傷，不是對立的兩極；開始學習——既收下愛，同時也爲自己療傷。然後我們才可能眞實的走向榮格英雄之旅的「魔術師」階段——既爲自己創造，也爲他人創造——「向內建構」與「向外建構」，同時完成，無二無別。

一即一切，一切即一。西方的心理學與東方的古老大智慧，相遇連結。

這本書是講一段微小同時壯闊的內在旅程。就如同我一向偏愛長鏡頭敘事的電影，一切在專注與緩慢中推進。因爲生命值得我們溫柔貼近深層注視，因爲返身爲自己走一趟心旅行，是勇敢，是珍貴，是力量，是我們爲自己的眞實加冕。

眞正的改變與轉化，在心的歇息裡發生。

讓我們慢下來，成爲一個「人」。

這本書獻給我的媽媽，送給我的女兒

謝謝你們讓我明白，愛是兩全

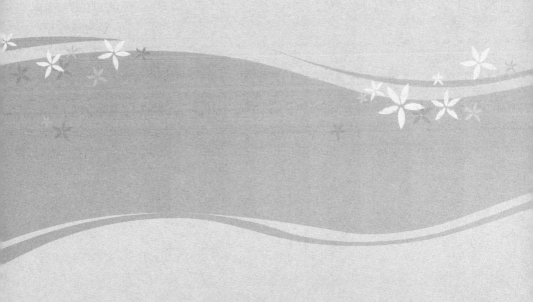

contents

目次

contents

目次

contents

目次

第一章 序曲

我倦了
我的靈魂流浪得太久
在自己以外找尋自己
我們的自由
不在我們之外
而在我們之內

——瑞士心理學家榮格（C. G. Jung）

1

直走或右轉

她好想要一個人走得遠遠的，把整個世界都丟掉。

「叭——————！」

一陣急促猛烈的喇叭聲劃破了下班入夜後霓虹閃爍的天空。

「你到底要走哪一邊啊？！」

「搞什麼！不會開車就不要開好嗎！」

才被猛烈的喇叭聲驚醒，尚未回魂立刻又被連串的破口大罵聲直接轟炸，易晴本能地隨著聲音撇頭一看，左側車內一個怒氣沖沖的男人豎起中指，嫌惡地給了她一個不耐煩的臭臉，然後「轟」的一聲踩足油門揚長而去。

原本為了想吹吹涼風而降下來的車窗，這下完全起不了隔離聲音的作用。喇叭聲與咒罵聲的陣陣餘音在耳際轟炸著，身後其他車子開始陸續繞過，流動成一條分岔的車流，繼續往他們原定的方向而去，留下了另一種既文明又疏離的冷漠指責，無形卻強勁。

回過神，易晴突然意識到，綠燈早就亮了，只有她突兀地停在這條通往市郊大道的紅綠燈前。

可是，她究竟應該直走？或者該右轉？

這條明明已經走了十幾年的大道，此刻卻讓她如此混亂、茫然、動彈不得……

「你到底要走哪一邊啊？！」

那個憤怒中指男的大聲咒罵與質問，彷彿再度在她的耳邊響起。

她要走，她沒有想要停留。綠燈亮了還停在原地不動，只是讓她變成一個怪異的女人。那些坐在車裡的、站在路邊的人們投過來的眼神，她懂。

只是，她不知道，究竟她該往哪一邊走？

一個往前直走，通往她熟悉的家；一個向右轉，通往這段時間不斷召喚著她一個人出走的那座大山。

她該直走回家的。就像這十幾年來一直做的重複選擇一樣，她總在兩個端點裡規律且負責的移動——一端是公司，另一端是她的家。現在，她該從公司回家了，在那裡，有等著她的志遠和他們的心肝寶貝小蝴蝶。在那裡，有她應該扮演的角色——太太、媽媽、媳婦、嫂嫂、弟妹……。兩端都是她的選擇，都是她「甜蜜的」負擔。

是的，她愛她的工作，她愛和志遠一起建立的這個家，愛她的小蝴蝶，但是爲什麼她還會渴望不要再重複下去了？爲什麼她會心底有一股衝動只想右轉，只想一個人率性地往山裡揚長而去？

她好想丟掉一切。

她好想一個人走掉。

她好想一個人走得遠遠的，把整個世界都丟掉。

她眞的想！

這段時間，不知道爲什麼，無論是在辦公室或是在家裡，疲憊就像是一顆突然飛來的實心球，狠狠地撞在她心口上。

那天加班回家又哄了小蝴蝶上床睡覺後，走出房門，看著客廳裡臭著一張臉的志遠，她心底的火就冒了上來，兩人再度從試圖溝通變成各說各話，又變成相互指責和劇烈爭吵。她眞的覺得好累好累！志遠問她，是不是外面有人了？其實沒有。她承認這幾年，她的確也曾心動過幾回，但那都是一打上岸就碎掉的小浪花，從來不是讓她暈頭的迎面巨浪。

她只是覺得累。

她渴望一個人離開。

一個人……

2 困惑暗夜

兩難的拉扯就像盪鞦韆一樣，越盪越高越盪越高……

太陽沉入山後，成堆灰黑色的雲朵低壓聚集。

不知不覺中，整座山逐漸蒙上昏暗墨色，沒有月光的夜晚更顯得漆黑靜默，整座山褪去了白日裡綠影婆娑的親和包容，反而展現出一股更爲強大的神祕力量。幽暗的夜色和山上的草木景物融爲一體，彷彿更多的祕密與眞相都在黑暗中悄悄吐露。

一輛車停在山路旁。

車的這一側是夜裡暗鬱孤單的山形，另一側則是山下熱鬧閃爍的萬家燈火。

「媽媽，那你今天不陪我寫功課了嗎？萬一我不會的時候怎麼辦？」小蝴蝶單純稚嫩的聲音聽來格外讓人心軟，「別擔心，媽媽會趕快把工作做完，不會太晚回家喔，如果功課不會寫，等爸爸回家請他教你一下好嗎？你先在奶奶家乖乖吃飯喔。」

掛了電話，打開車窗，山上的涼風開始流進車內，隨著呼吸，慢慢進入原本緊塞的胸口。前陣子讓她心亂的一些畫面，開始慢慢地一件件在她腦海裡浮現……

☆　☆　☆

下班後的夜晚，最近網路上正火的義大利餐廳裡坐無虛席，亞玲、怡君和易晴開心的吃著、聊著、笑著，就好像回到了大學的時光。

「好久沒有這麼放鬆開懷的大笑過了！」站在化妝室的鏡子前，看著鏡中臉色酡紅的自己，還有臉上還沒有收住的笑容，易晴突然有一種久違的感覺！走入家庭之後，她不是不快樂，只是，**突然很想念這個很輕鬆，不需要照顧別人的自己**……

甩了甩頭，「哎，幹嘛想這麼多，人生本來就是有不同的階段嘛！好好享受像今晚這樣難得的『放假』就好啦！」易晴補好口紅，想要珍惜難得時光，快步往座位走去。遠遠看到亞玲和怡君並肩低頭交談的背影，易晴一時間頑皮心起，走到她們身後想惡作劇……

「原來你也有這種感覺！其實從大學我就覺得易晴雖然看起來很容易親近，可是又有一種距離感。好像人在心不在，不然就是突然消失一陣子才又出現……」

易晴縮回原本想從背後捉弄兩人的雙手。

「是啊！」怡君攪動著杯中紫紅色的覆盆子冰沙，「我有時候覺得，**好像易晴的背後有一道門，你真的太靠近，她隨時都可能轉身打開門走掉**。我忍不住想，她其實並不想跟我們太靠近……」

易晴臉上的微笑不自覺僵硬了起來。她覺得有點頭暈，倒退幾步想把自己藏起來……

「小姐，你還好嗎？有需要什麼嗎？」在餐廳中穿梭而過的服務生關心地問著。

「沒有，我沒事！」易晴立刻回神，堆起笑容應答著，快步走回亞玲和怡君的桌前，重新入座。「哇！你們都快把甜點吃光了！不管，我要再點一個，今天眞是太開心了！我一定要好好的放縱一下，減肥就明天再說吧！」

三個女人的笑鬧聲融進了熱鬧的夜……

☆ ☆ ☆

週五下班前，總經理把她叫進獨立辦公室裡。

「易晴，你進公司也已經三年了，這些年我一直在觀察你。我發現你很負責，無論交給你什麼工作，你都會承擔下來，有時候主管的脾氣爆炸，你可以忍住委屈以大局爲重，或者當同事出狀況，就算辛苦你也願意立刻補位把事情完成。雖然平常看起來很溫和，但是幾次遇到緊急的大案子，你卻展現出令人印象深刻的精準與膽識。

「這些都是我很欣賞你的地方，現在有一個很好的升遷機會，我第一個就想到你。只是，它需要先有一年的外派歷練。我知道你有家庭，有小孩，也許你會有更多的考量，但是我還是希望你能回去好好思考一下。下星期再告訴我你的決定好嗎？」

☆　☆　☆

然後是今天下班前，當她躲在樓梯間和志遠在電話中爲了加班的事情爭執時，他最後冷冷丟過來的一句質問：「你到底是要我和孩子的這個家？還是你其實想要的是你自己一個人的生活？」

志遠的這句話，就像是點燃了炸彈的引線一樣，易晴瞬間就炸開了！

「一個人？你憑什麼還責備我想要一個人生活？這些年來我付出的還不夠嗎？難道我不是一直都在配合你、配合孩子、配合這個家嗎？爲了你們，艾莉找我出國旅遊的時候，我放棄了，即使那是我從年輕時就好渴望去的！爲了你們，我放棄了跟同事下班去聚會，我也會很想跟她們放鬆吃喝啊！爲了你們，我甚至放棄了總經理特別給我的外派機會！

「然後現在你怪我想要一個人生活？

「我跟你說，我眞的受夠了！從頭到尾你就是個自私的傢伙！我付出再多，你也看不到！你也不會珍惜！是我自己傻，是我自己笨，是我自己放棄了這些！都是我自己的錯！我根本就不應該爲了你們放棄我自己！」

志遠的聲音轉爲濃濃的困惑。「什麼時候艾莉找你出國？什麼時候你們總經理要讓你外派？你從來沒跟我提過！」

「對！我沒提！因爲我知道你一定希望我能夠想到你們，我知道你一定希望我能主動拒絕，因爲我知道如果我去了，你會很辛苦、小蝴蝶會很傷心，因爲我知道我不應該這麼做！我都知道！所以我沒跟你說。可是我體貼你們的做了那麼多，結果現在還是被你說我自私！說我只顧自己！

「告訴你，我眞的是受夠了！」

沒等志遠反應，易晴「啪」的一聲掛了電話，用力抹乾臉上的眼淚。

☆　☆　☆

一段一段的畫面，在腦海中快速閃過……驚訝、委屈、傷心、失落、憤怒……種種的情緒也一段段的飄過。她深吸一口氣，打開車門，按下遙控鎖，逕自走向路旁小徑底端的咖啡屋。

「也許志遠和怡君說的沒錯，在心裡，一直有一個我，其實一點都不想跟人靠近！一直都覺得跟人靠近好累！或者……其實我根本一點都不想要有婚姻！其實我根本就不應該結婚，其實我根本就應該離大家遠一點！其實我根本就只想要自己一個人！」

這些從心底湧上來的話，讓易晴既感到驚嚇，又同時感到一種……

一種釋放！

是的，在她的心裡，其實有一個她，一直都很渴望「自己一個人」！

她想起年輕時到紐約居遊時，總是像個完美哥哥一樣溫暖、善良、樂於照顧人的良駿學長，因爲怕她人生地不熟，每天都熱心地帶她四處逛。起初她也溫和而且心存感激的接受他的善意，跟著他去一個又一個「來紐約一定要去的景點」，自由女神像、時代廣場、華爾街銅牛……。她一直不忍心跟良駿說，「我不想去這些地方，我只想要像個居民一樣，隨性走隨性生活的旅遊方式」。但是一個星期之後，她還是忍不住在紐約街頭跟良駿大吼：「**please leave me alone**，不要再每天都陪著我、跟著我了！可不可以讓我一個人就好！」

她記得這句話衝出口的當下，良駿愕然且受傷的眼神，她也記得自己當下心底立刻浮上來的深深懊悔與自責。她怎麼可以這樣呢？良駿明明是善意，明明是犧牲了他的事情和時間來陪她、照顧她，**她怎麼可以不領情呢？她怎麼可以不感激呢？她怎麼可以反而生氣，反而責怪他呢？**

「可是，我眞的就是想要『一個人獨處』嗎？」

當這個反問句從心底浮現，易晴不禁又苦笑了起來。

「唉……」在靜寂了的夜晚，她不自覺長嘆而出的這口氣竟顯得如此清晰！

是啊！如果眞是這樣也就簡單了。麻煩的是，這個想要「一個人獨處」的她，也不是全部的她呀！還有另一個很想跟人融洽親近的她，很希望能帶給別人溫暖和快樂的她……

這些，也眞的是她啊！

數不清有多少時候，她是那麼渴望和人靠近，於是她努力地和別人融合在一起，一起玩，一起說話。可是過了一段時間之後，她又會覺得很累、很想離開，於是她又回到「自己」一個人的狀態。只是過不了太久，這樣的她，又會讓她覺得自己好孤單、好可憐、好寂寞，於是她又開始努力跑向「他人」……

她看著這間咖啡館裡，有人獨坐，有人成雙。

而她呢？她究竟要什麼？

曾經，她以爲自己已經結束這種在「兩個端點」之間來回的困惑與拉扯了。她有朋友、有閨蜜了，不是嗎？她進入婚姻了，不是嗎？爲什麼繞了這麼大一圈之後，她還是在兩個端點裡疲憊地折返跑？

用力地甩了甩頭，像是想要躲開從心底浮上來的這股困惑和拉扯的力量，她起身結了帳，推門出去。

屋外夜色深沉。雨已經停了，但空氣裡仍是滿滿的潮溼感。

她覺得好累。

她感覺自己就像是童話裡穿上「魔性紅舞鞋」的女孩一樣，始終渴望安穩停歇，卻始終難以棄絕另一端的召喚，無法停止地在「他人・自己」、「親密・疏離」兩端之間折返跑。兩個端點，遙遙相對！到底該去哪一端？哪一端才是她的歸屬？

兩難的拉扯就像盪鞦韆，在她心裡越盪越高，越盪越高。

無窮的疲憊湧上心頭，她感覺自己再也撐不住了，胸口悶得就像是要炸掉了一樣。她垂下頭靠著方向盤，終於忍不住放聲大哭了起來……

第二章

兩極初遇

人在他自身之內有一種能力或傾向，
即便不明顯也隱藏在那兒，它會催人走向成熟。
人的這種能力，足以了解他自身生命中的那些面向。
這樣的了解會刺進它的意識知識的表層之下，
直探入它對自己隱藏起來的體驗。
這種傾向自身會顯露出能力，
來重組他的人格，以及他跟生命的關係。

——人本主義心理學家卡爾·羅傑斯（Carl R.Rogers）

1 別怕失控，它是引路的小天使

她是怎麼長大的？為什麼不能允許自己混亂慌張？

來到山上，盛夏熱燙燙的驕陽彷彿也被滿山的綠意馴服了一般，即使仍是一片燦爛金光，原本張牙舞爪的溫度也稍微收斂降低了幾度。再加上拂面的乾淨山風，難耐的酷暑多了讓幾分人喘息的溫柔。

這段時間還好有蘇青，某種程度收納了幾乎讓自己崩潰的混亂。

艾莉給了她蘇青的聯絡方式之後，她找到了這個山中小屋。

第一次見到蘇青那天，易晴一開始還嘗試用安穩合宜的寒暄方式跟蘇青說話。可是後來，就像艾莉跟她說的：「蘇青有一種奇妙的魔力，會讓你忍不住說出心底的話。」

蘇青看著眼前的易晴緩緩地敘說自己，她的聲音輕柔溫和，但是從她不斷交錯的雙手中，蘇青也覺察到了在那看似平靜的面容下，實際藏著一團不安與混亂。

「**她是怎麼長大的？爲什麼不能允許自己混亂慌張？爲什麼需要如此安穩自己？她需要承擔什麼？**」蘇青不禁在心底好奇著。

果然不久之後，易晴說著說著，就不由自主地開始吐露這段時間眞實的自己……越來越嚴重的失眠，讓她身心俱疲，每天撐著疲憊的身心打起精神面對工作和生活，可是她的耐心似乎越來越少了。比如在公司面對著焦慮叨唸的老闆，她花了好大的力氣才壓抑住自己想要起身摔門走出去的衝動；回到家，她意識到自己用不耐煩的語氣回應小蝴蝶的次數越來越多。

深深的自責似乎更讓一切往負向循環，頻繁的扁桃腺發炎也讓她喉嚨腫痛。另外她也注意到自己不時胸悶，總是得停下來深呼吸，或是起身到公司茶水間旁的小陽台喘口氣。

「我也發現最近我的空間幽閉症越來越嚴重了，開始害怕待在密閉的電梯裡，也怕太擁擠的車廂，因爲會讓我感覺好像喘不過氣，可是去醫院檢查又都說沒有任何問題……」易晴沮喪地說。

「**有時候，我們會把內在的衝突，轉化成爲對外在的恐懼或者身體的症狀**，因爲透過這些，我們內在的衝突得到某種抒發，就不用面對內在的焦慮了。其實身體的症狀，往往是自我所發出的警訊，**它在跟我們說：事情不能再這樣下去了**。」

「把內在的衝突，轉化成爲對外在的恐懼或者身體的症狀……」易晴困惑地思索這句話，「但是，我不明白，究竟爲什麼我會變得這麼混亂？這麼失控？」

蘇青顯然沒有被她的混亂所影響，她聲音很輕但帶著穩定的力量：「我更關心的是，究竟你把日子過成什麼樣了？讓你非得失控不可？我更關心的是，如果不失控，你會怎麼樣呢？」

易晴微微楞住了，隨著蘇青的探問，她開始停頓思索感受……

眼淚慢慢開始在她的眼眶裡如霧般輕輕泛起。

「我……會撐不住，會崩潰……」

「所以，也許我們該談談的，不是你的失控。而是那個長久以來，讓你撐了那麼久那麼久，如果再繼續下去就會崩潰的生活？」

再度微楞著停頓了一會兒，易晴輕輕的點了點頭……

「孩子，對於失控，我們都感到害怕；對於混亂，我們都渴望趕快擺脫。但是親愛的，別怕失控與混亂。其實，她是讓我們不致崩潰的引路天使。引領我們開始走上一段關於改變，以及全新創造的『心旅行』……

「來，心情亂的時候，就出去散散步吧！最近有一個心理學研究證實，散步三十分鐘能夠帶給身心等同鎮靜劑的功效！走吧，別再待著了，我們出去散散步！」手上拿起兩頂寬邊遮陽草帽，蘇青站起來對易晴說。

原本還陷在自己思緒中出神的易晴，被這個聲音拉了回來。抬起頭，看著眼前一身寬鬆淡灰綠色亞麻長衫的蘇青，就像這座秀麗的山一樣散發著一種怡然又安定的力量。

一股腦的站起身來，易晴才接過蘇青遞過來的一頂草帽，大黃狗Bobo早已開心的衝到前方。

出發了。

2 一起心旅行

你越努力和別人靠近，反而越讓你必須離開。

一起在山徑上散步，聽了易晴訴說更多之後，蘇青開始回應。

「聽起來，你跟人互動有一個模式：你『都知道』別人怎麼想、『都知道』別人怎麼期待，所以常常『主動給出你覺得別人要的，然後放棄自己的需要或渴望？』」

「嗯，這是我的模式嗎？我沒有想過……但好像是這樣沒錯……」

「而且，通常最後是用『再也受不了的大爆炸』收尾？」

「刷」的一下，易晴臉紅了。

「不需要不好意思啊，其實我們很多人都是用這樣的方式在給愛。」蘇青一彎身採了一朵粉紫紅色的酢漿花遞給易晴，「你說，你總是『努力地』和他人融合，一起玩、一起說話。但是你不知道的是，**正是這個『努力』讓你感覺辛苦，讓你不自覺地會渴望離開。因爲當你是自己一個人的時候，你就不用照顧別人了。**

也就是說，你越努力和別人靠近，反而越讓你必須離開。」

像是心裡突然被什麼打中了，易晴停住了腳步。

過了一會兒，她才又匆匆往前趕上蘇青，「天啊！我怎麼像是一個矛盾綜合體？」此時焦慮和煩躁全擠進易晴皺緊的眉頭裡，「我總是搞不定我自己，也總是讓身邊的人搞不懂。」易晴一腳把路上的小石子踢得老遠。

蘇青看起來一點都不擔憂，甚至還掛著微笑。

「其實很多人跟你一樣，都爲自己內在的矛盾和對立而『心』苦。」

「眞的嗎？那我放心多了！以前我一直以爲只有我這麼難搞！」

「別擔心，你不孤單！甚至，我要跟你說，恭喜你！因爲，現在你的混亂正是在跟你說：**『來吧，我們該上路了！屬於你的心旅行時刻到了！』**」

「『心旅行』？你是說，就像艾莉一樣的心旅行？她說你帶她走了一趟好長好美的心旅行。」

「**每一個人的心旅程，都是獨特而奇妙的。**

「這樣吧，如果你有興趣，下週上山來找我，也許我們可以試試讓你的兩極開始相遇和對話。」蘇青微笑邀請著。

「讓我的兩極相遇和對話？聽起來好像很有趣但又很玄……到底要怎麼對話？」

「別急，就帶著好奇來吧，你的心會體驗到所有的一切。

「今天回去之後，你可以幫你的兩極對立性格各想一個合適的比喻，下禮拜我們就一起展開專屬於你的心旅行吧！」

看著蘇青豁達又溫暖的笑容，易晴心中原本不斷冒起的一個個問號泡泡，開始漸漸平息，困惑和焦慮逐漸退場，換上越來越多的好奇。

「這會是一段什麼樣的心旅程呢？」易晴不由得有點期待了起來……

3 綿羊VS.獵豹

記得，這是一個遊戲，不是一個考試。

在一片參天的綠色大樹下，陽光被擋在一層又一層密密的樹葉之外，只剩下金色的光點在蜿蜒清澈的小水道上波光洌灩地跳躍著。「蘇青說的沒錯，這眞是安定身心最棒的祕密基地」。易晴享用著蘇青準備的三明治，再加上冰涼的甘菊茶，還有耳畔不時傳來潺潺的水流聲與婉轉鳥鳴的清新合奏，逐漸感覺自己的身體和心一點一點的放鬆了……

「上次提到，替你的兩種對立性格各想一個比喻，你想到了嗎？」蘇青問。

「想到了！本來一開始覺得好難啊，後來不知道為什麼，腦海裡就跑出來『綿羊』和『獵豹』這兩種動物。後來想想，的確還滿符合我常常感覺到的兩種矛盾對立性格。比如說，綿羊喜歡群居，獵豹喜歡獨來獨往；綿羊很善良溫和，獵豹很冷靜自我……」

「嗯，的確是兩個很清楚的意象。你，準備好要和她們相遇了嗎？」

儘管臉上仍有疑惑，易晴卻還是勇敢地點了點頭。蘇青笑道：「孩子，別擔心！記得，這是一個遊戲，不是考試，沒有對錯好壞，也沒有所謂的標準答案！看看四周，不需要用大腦思考，就讓直覺帶領你吧！現在，我要請你去找兩樣東西，分別來代表你的『綿羊』和『獵豹』。」

「是遊戲，不是考試！」蘇青的這句話，讓易晴心底緊繃的弦「啵！」的一聲鬆開了。

「是呀，我幹嘛這麼認眞，就是個遊戲嘛！」

這樣一想，易晴開始可以像個孩子一樣，將好奇的視線投向四周，努力找了起來。

☆ ☆ ☆

綠色大樹環繞著一張小巧石桌，四邊各有一張石凳，陽光透過樹葉，散成千種濃淡綠光。只見蘇青安適的坐在其中一張石凳上，微仰著頭，閉眼享受鳥鳴與清風。

「好了好了，我找到了！」易晴在不遠處一邊高喊著，一邊揚揚手上的東西向蘇青走過來。

蘇青睜開眼，帶著好奇的笑意迎接易晴。

「來，現在你是『主人』……」蘇青引領易晴站在一張石凳前。接著指著左右兩邊的石凳對易晴說：「這兩個位子分別是你的『綿羊』和『獵豹』。你可以把代表她們的象徵物放上面。」

一朵白色雞蛋花被放在左邊，另一條原本繫在易晴頸間的豹紋絲巾被放在右邊。

「現在，我要邀請你和她們分別有個對話……你想先從哪邊開始？」蘇青問。

「嗯，那……先從『善良的綿羊』開始好了。」

易晴帶著好奇又困惑的心情，依著蘇青的引領，把雞蛋花拿在手上，在右邊的石凳上坐了下來。

「跟我介紹一下你自己好嗎？你是易晴的……？」

「呃……我是易晴的『善良的綿羊』。」

「綿羊你好，可以多說一些你自己，讓我認識你嗎？」

「嗯……我就像這朵白色雞蛋花一樣，很單純、很善良、很溫和。而且啊！你注意到這朵花的花心是黃色的嗎？我就像她一樣喔，我的心也是很溫暖、很開心的！」

「通常你都是自己一個人嗎？」

「不是啊！我不是只有自己，我們是一群綿羊，我們都會群居在一起。你看我的綿羊朋友他們就在旁邊，在溫馴的吃草。」

「你覺得你的主人易晴喜歡你嗎？」

「當然啦，她超喜歡我的！她常常摸我的頭，跟我說我很乖，很棒。我也常常出來陪易晴。」

「你呢？你也喜歡她嗎？」

「嗯嗯！易晴是我最喜歡的人了！我願意爲她做所有的事情，我希望她快樂！因爲她是我最好最好的主人！」

「是嗎？那你都怎麼幫她呢？」

「很多啊！我幫她注意別人有什麼需要，我幫她和人靠近，我幫她受人喜歡。你知道嗎？有了我的陪伴，易晴總是可以得到很多稱讚和喜歡。而這個會讓她覺得很安全、很開心。而且啊！你知道嗎？每一年時間到的時候，我就會讓主人把我雪白又溫暖的羊毛剃下來，它可以做成衣服、圍巾、手套……各種摸起來細軟舒服的衣物配件，讓易晴拿去送給很多人。」

「喔？為什麼需要把羊毛給別人呢？」

「咦，我從來沒有想過這個問題耶！這樣做很奇怪嗎？把自己潔白柔軟的羊毛給別人，不是很天經地義的事情嗎？我們綿羊不是都是這樣的嗎？他們大家都是這樣的啊！」

「他們是誰？」

「嗯，就像我媽媽啊，我媽媽也是這樣的呀！」

「把自己的羊毛剃下來給別人，你不會傷心或者生氣嗎？」

「生氣？你在說什麼啊？你好奇怪喔！能把羊毛給別人不是很棒的一件事嗎？而且，反正我的羊毛剃掉了，過一段時間就又會長出來了呀！所以我不會生氣，也不會傷心啊！」

「你覺得你的主人易晴也喜歡這樣嗎？」

「嗯，我覺得我的主人易晴也是這麼想的，所以她才會這麼喜歡我。她一直覺得我很懂她，她也喜歡我的陪伴。我喜歡這種被喜歡的感覺……」

「你從剛剛到現在好像都很開心的樣子，我有點好奇，有沒有什麼事會讓你傷心的呢？」

「嗯，其實都還好耶……可是……如果真要說，嗯……就是……你知道，有一種人啊，會拿我們的羊毛拿得很理直氣壯、很理所當然，遇到這種人，我會覺得很傷心，也會有點生氣。」

「為什麼呢？」

「因為……其實剃毛也是會痛，不是完全沒有感覺啊！雖然不是劇痛，但是我全身皮膚都是會刺痛的！」

「你這麼說的時候，你的眼裡好像有一點眼淚？」

「嗯，沒有啦。」

「為什麼你立刻擦掉眼淚呢？」

「因為……我不想讓易晴擔心！」

「為了不讓易晴擔心，你會……」

「我會自己把傷心藏起來。」

「你知道對面的那隻『精準獵豹』嗎？」

「我知道她啊，我也知道我的主人易晴不喜歡她，所以老是把她關在籠子裡。我覺得她很可憐。可是沒辦法，易晴擔心她會傷害別人。所以總是我出去陪易晴。」

「現在，我們一起來聽聽獵豹會說些什麼好嗎？」

「好，她很可憐，她一直被易晴關在籠子裡，你能去幫幫她就太好了。」

蘇青請易晴換到左邊的石凳，豹紋絲巾同樣放在手上。透過蘇青溫柔的聲音引領，易晴的獵豹開始發聲……

我是易晴的「精準的獵豹」。我一直被易晴關在這個籠子裡，她很少讓我出去。爲什麼？因爲她不喜歡我。她覺得我會傷人。她覺得我的爪子太銳利，她覺得我的速度太快，她覺得我太喜歡自己獨處、不合群。

總之，她不喜歡我的一切……

你問我的感覺？我當然覺得很悶、很不快樂，也很……很傷心啊。

我被關多久了？很久很久了！

我曾經傷過人嗎？

其實也沒有，但我嚇到她了。她小學的時候我還出來過，那時候我一起跑就跑得飛快。她其實很開心，她喜歡那種速度感，喜歡風從她身邊呼嘯而過的感覺，喜歡那種向著目標直衝而去的過癮！可是後來，她發現她身邊很空曠，她往後看，才發現大家怎麼都落後她那麼多！她眞的嚇到了。

她太善良了，她不想傷害別人，可是她發現，就算她不攻擊別人，她光是一跑，就比別人快那麼多這件事，就會傷害到別人。我知道，那時候的易晴其實一點都不開心，她很傷心，她不喜歡別人因爲她受傷。

你問我，有什麼話想跟易晴說嗎？

嗯……我想跟她說，我可以帶她飛一般的奔跑，她明明也喜歡這樣的速度的。**我想跟她說，請不要一直把我關在籠子裡，我不會傷害別人，因爲……因爲我是她的精準獵豹，我是她有著綿羊心的獵豹（哽咽）**。

☆ ☆ ☆

在蘇青的引領問句下，當這些話一一從口中流出，驚奇的表情出現在易晴的臉上。

「這些話，好像很觸動你？」蘇青問。

「嗯嗯，我沒有想到她被我關起來那麼久了！我也沒有想到她這麼愛我，這麼了解我，這麼想幫我！」

「我看到你的眼眶紅了……好像還有沒說完的？」

微微帶著哽咽聲，易晴說：「**我沒有想到，她是一隻『有著綿羊心的獵豹』**！」

「這個新的看見，會怎麼影響你呢？」

「我覺得對我的獵豹感到有點愧疚，覺得對不起她，原來長久以來，我都誤解她了！原來，我擁有的是這麼特別的一隻獵豹啊！」

☆　☆　☆

回程的路上，易晴不由得從心底發出輕嘆：「綿羊和獵豹……今天眞的是好奇妙的一段歷程啊！」

「是啊！就像這山上的午後雷陣雨，一陣驕陽，一陣雷雨。這既是大自然的奧妙，也是我們的人生。」

易晴看著望向遠方一片雨後清透綠意的蘇青，那乾淨的綠意彷彿倒映入蘇青的眼瞳裡，漾起了溫柔的光亮。

「但願有一天，我的眼神裡也能有這片溫柔的光亮。」易晴在心中暗暗地對自己說。

4 聽得懂人話的小鹿VS.金色翅膀老鷹

如果真的太亮，我會自己戴上太陽眼鏡！

回到蘇青的山中小屋，夜色已經籠罩了下來，像是一層安靜的紗網阻隔了一整天的喧囂與悶熱。

「那天你說有很多人跟我一樣，為內在兩極的矛盾和對立而『心』苦。你也是嗎？也像我今天一樣經歷過這樣的兩極嗎？你為自己找到的兩極象徵又是什麼呢？」經歷一天奇妙歷程的易晴，忍不住滿心好奇的一連串發問。

「她們是『聽得懂人話的小鹿』和『金色翅膀的老鷹』。」

「小鹿和老鷹？而且是聽得懂人話的小鹿？是金色翅膀的老鷹？哇，都是好特別的動物喔！你一定都很喜歡她們吧？」易晴驚嘆著。

搖搖頭，蘇青苦笑著說：「其實，跟你有點像，原本我也很討厭我的『金色翅膀老鷹』，她也被我關起來很久很久。我還記得，那次在『兩極整合工作坊』，最後老師還讓我披上我所選的老鷹象徵物——一條淡金色絲巾，要我以『金色翅膀老鷹』的身分走向大家……」

蘇青的眼神帶著一種朦朧，像是墜入了回憶之中……

☆　☆　☆

年輕的蘇青肩上披了一條淡金色的絲巾，遠遠退在空間的一端，面對著前方在地板上坐成半圓形的夥伴們，她的表情看來遲疑而膽怯。

「你想走向他們嗎？」老師問。

「想，可是我的腳動不了……」

「你在擔心什麼嗎？」

「我很怕……我怕傷到他們……」

「那你跟他們核對啊！問問他們會不會被你傷害？」

遲疑了好一會兒，年輕的蘇青才怯怯地開口。

「如果我靠近你們……你們會受傷嗎？」

「不會呀，有些金色很刺眼，但是你的金色很溫暖很舒服，反而讓我很想靠近。」一個臉上笑起來有淺淺酒渦的女孩溫柔地說。

年輕的蘇青眼裡閃過一絲訝異，臉部肌肉的線條微微放鬆了一些。

接著，另一個留著俐落短髮、戴著眼鏡的夥伴，冷冷酷酷的開口了。

「不會呀，而且如果真的太亮，我會自己戴上太陽眼鏡！」

更大的震驚清楚地寫在年輕蘇青的臉上，隨之而來的是一個長長的深呼吸，新鮮的氧氣進入她的身體。

她的眼睛發亮，整個人放鬆了下來……

☆　☆　☆

靜靜聽完這段故事，易晴看著眼前的蘇青，她的臉上似乎仍然變化著當時的訝異、放鬆，以及隨之而來的喜悅……就像湖面上慢慢漾開的美麗漣漪，一圈又一圈，安靜而動人……

「原來，我現在走的路，蘇青眞的也走過啊……」

原本對於才起步的整合之旅感到有點慌張不安的易晴，此刻看著蘇青宛如前行者的身影，心底突然多了一份安心的感覺。她的腦海中浮現起剛剛回程車上的那一幕。

「恭喜你，開始走上兩極整合的心旅程了。雖然只是起步，但是今天我們一起看見的內心風景是如此的珍貴美麗！歡迎你爲自己繼續往前心旅行，持續看見更多的心風景。」

襯著車窗外斜照進來的夕陽餘暉，蘇青話裡的暖意和臉上的笑容，一起在易晴心裡印成了一幅難忘的美麗畫面……

第三章

遇見未知的傷

這就是我的祕密。
其實很簡單，
唯有心才能看清楚。
眼睛看不見的，
才是，最重要的。

——《小王子》

1 慢下來，成為一個「人」

你到這世界來，也該如此輕鬆，充滿著光，而且發亮。

自從那回在山上和自己的「內在兩極」相遇之後，易晴的生活依舊如常進行，「溫暖的綿羊」和「精準的獵豹」也繼續並存在她的心裡。

不過她開始漸漸發現自己有了一些不同，對自己多了一份覺察——感受到自己的感受，探問著自己的期待，釐清著自己的想法……並且在這樣的過程裡，會不時好奇地問自己：「這是綿羊我？還是獵豹我？」

她也和蘇青固定見面，探索自己到底是想要「單獨」？還是想要跟人「親密」靠近？

這一天，她同樣來到這幢位於市區小巷公園旁的公寓，如同以往按了電鈴，開門之後，易晴就跟著蘇青走進這個小巧卻雅緻的空間。她一直沒跟蘇青說，那一段跟隨著蘇青短短的路程總是令她覺得有趣、覺得享受、覺得愉快。

原因是蘇青的慢悠悠。

慢悠悠的步伐，慢悠悠走動時手臂的輕輕晃動，慢悠悠的微笑和表情……

那是一種緩慢裡的自在，一種不被這世界督促影響，也不急於說明或者證明些什麼的安然。

「不知道爲什麼，我很喜歡你身上有的一種『慢悠悠』的特質。眞希望有一天我也能這樣。」這一天對話結束前，易晴忍不住開口說了。

「也許你一直看不見一個可以緩慢的自己，是因爲你總是處在一種『內在的忙亂』裡——既忙也亂地在內心對立的兩極之間來回奔跑，兩端都無法安在？」

「忙亂地來回奔跑……兩端都無法安在……」像是在消化蘇青的話語似的，易晴喃喃自語地重複這兩句話。

沒有想要再做進一步的說服或解釋，蘇青把這個咀嚼沉澱的時間留給易晴，只見她安然的起身，走到木質大書櫃前，抽出一本厚重的攝影詩集開始翻找。

「找到了！我一直很喜歡Mary Oliver的這首詩！」

蘇青回到單人沙發上，開始輕聲朗讀：

「當我身在林木間，特別是柳樹和皂莢樹、山毛櫸、橡木與松樹也一樣，釋放出喜悅的氣息。

我幾乎想說，它們每天救了我。

我的願望這麼遙遠，那裡有善良和敏銳，從來不必匆忙走過這一生。而是慢慢走，不時地鞠躬。

周圍的樹木擺動葉子呼喚著：『停一會吧！』

光線流過枝枒間，樹木又在叮嚀：『一切都很單純』。

你到這世界來，也該如此輕鬆，充滿著光，而且發亮。」

隨著朗讀詩句的聲音結束，易晴接過蘇青遞過來的攝影詩集，一張金色光粉細灑之下，流淌著如詩般深淺綠意的森林影像躍現眼前，右邊幾行蘇青剛剛讀的詩句優雅完美的與之相映。

抬起頭，她在蘇青的眼裡看見一片如同大海或者星空般的遼闊與安然。

「**緩慢，其實是一種必要的美好**。

「過往我們對於一切，都忙，都急，都拚命往外抓取。但現在我們需要開始懂得，靜下來，回到自己，回到心。慢下來，我們才能夠成為一個『人』。

「這世界太快。不急，我們慢慢來，比較快。」

「慢慢來，比較快……」，這句簡單的話彷彿有股神奇的魔力，按壓似的直接揉進易晴心底深處的某個點，不知積壓多久的疲憊與痠痛隨之釋放開來。

「特別是心旅行，更是急不得的。」蘇青進一步說。

「為什麼呢？」易晴的臉上寫滿了困惑。

「通常快速通關的方式都是運用大腦，因為邏輯思考的模式就是——問題一二三，解答四五六——當我們的頭腦感覺得到答案的時候，我們會覺得很安心。但是，有時這就像女人買減肥藥或保養品一樣，買的當下就有一種自己已經變瘦變美的興奮安心感，或像頭痛時吃止痛藥，立刻就不痛了，可是往往它只有短暫療效。一段時間之後，當我們發現『我都知道，但是我都做不到』，反而會掉進更大的沮喪挫敗感裡，因為我們會自責地想，為什麼學這麼多了還是行不通！

「我們不是只有大腦的機器人，除了大腦，我們還有感受有感情，那就是珍貴的心。現在我們要面對的不再是學業或職場的考試，我們要面對的是人生、是關於人生的快樂和幸福，這個答案不在大腦裡，而是在我們的心裡。

「所以我說，慢下來，成為一個『人』。這是一趟不急著抵達目的地的旅行。慢慢來，每一處，都是值得我們細細品味的好風景！這，就是我們可以給自己的溫柔。」

在蘇青的怡然一笑裡，易晴感到自己的心似乎也在鬆開之後，開始溫柔的慢了下來……

2

兔子兔子，你的右手臂去了哪裡？

心中的困惑，就像是襲上山頭的濃霧……

這一天蘇青和易晴繼續自我探索的對話，談著談著，蘇青突然指了指一個擺滿了各種玩偶的角落說：「選一個你感覺最像你的布偶吧！」

「最像我的？是指長相嗎？還是個性？」

「都可以呀！憑直覺就好，不需要想太多。」

帶著滿臉疑惑，易晴走向這個角落，恐龍、獅子、河馬、熊、揹娃娃的女孩、駱駝、武士、刺蝟……各種大小、姿態各異的布偶在那裡等著她。只見易晴蹲下來，既遲疑又好奇的翻找細看了好一會兒，拿起幾個不同的布偶又放下。

「好了！我決定了！就是這隻了！」她邊對蘇青揚了揚手裡的淡粉紅色毛茸茸兔子，邊走回沙發坐下。

「來，跟我介紹一下你選的這個布偶吧！」

「她是一隻粉紅色的兔子，耳朵大大長長的，左邊耳朵上還戴著一個亮黃色的小皇冠。

她坐著，往前伸出兩隻大大的腳，左手拿了一個大大的黃色絨毛氣球，上面寫了兩個紅色大字——Smile Always！」一口氣介紹完，易晴抬起頭望向蘇青，笑容和聲音裡飄著愉快的粉色泡泡：「她是一隻可愛又快樂的兔子！我很喜歡她！」

「嗯，我也覺得她很可愛！但是，如果再仔細看一看，你會多看到一點什麼嗎？」

「再仔細看？沒有了吧！就是這樣了啊……」

話才說完，易晴臉上的微笑突然凝止住了，取而代之的是訝異的表情。

「她的右手臂怎麼不見了？！」易晴看向蘇青，像是在跟她探求答案。

蘇青沒有接話，只是安靜陪伴著。

易晴再把注意力回到兔子身上，試圖確認著那個缺失的右手臂。

「天啊！這裡沒有任何被拉破的『傷口』耶！她不是被弄壞的，她是本來就沒有右手！怎麼會有布偶是做成這樣的啊！」

驚慌訝異的表情和語氣持續甚至越來越強。

易晴心中的困惑就像是襲上山頭的霧，先是薄薄的一層，然後越來越濃，直到完全被籠罩。

就在這片濃霧裡，蘇青輕柔卻別具力量的聲音在她的耳邊響起。

「有沒有可能，這隻兔子就是你呢？」

「這隻兔子就是我？難道，我也缺少了右手臂嗎？我是什麼時候斷掉這隻右手臂的？我受傷了嗎？爲什麼我一點感覺都沒有？有可能受傷了，卻一點感覺都沒有嗎？」

對於心底不斷湧現的這一句句疑問，易晴努力地在大腦中搜索，卻始終找不到答案。

「孩子，我知道你很困惑，但是今天時間到了，讓我們先停在這裡。記得上次我跟你分享的嗎？我們不急，慢慢來。有時候，有些事情，需要時間慢慢醞釀發酵……」

這一天，疑問像滿天的濃霧籠罩著易晴，她就這樣帶著這個巨大的濃霧一起回家。

3 兔子兔子，讓我摸摸你的傷口

為什麼你明明斷了一隻手，臉上卻還是掛著大大的笑容？

「我想再看看那隻兔子。」才進門剛坐下，易晴就忍不住說出這句在她心上迴繞了一整個星期的話。

蘇青理解的點了點頭。

易晴起身走到角落，依戀而心疼地拿起那隻粉色絨毛兔，小心翼翼地輕輕抱在懷裡，臉上的神情如此地溫柔。

「這整個星期，我都一直掛念著這隻兔子。我很訝異，明明這麼明顯，可是我怎麼會沒注意到她少了一隻手呢？」

蘇青注意到易晴一邊說著，一邊不斷地用手來回撫摸著兔子斷失手臂的部位。

「你看，即使現在重新仔細看……，眞的看不到任何受傷的痕跡對不對？」易晴把淡粉色兔子往前舉向蘇青，邀她一起確認。

「這裡沒有破洞，也沒有被弄壞以後重新縫補的痕跡。就好像……就好像它一開始就是被做成一隻少了右手臂的兔子。可是，怎麼會有人做一隻少了右手的兔子玩偶呢？

「上次你問我，有沒有可能這隻兔子就是我？這一整個星期，我很努力地想，但還是想不起來，究竟我是什麼時候有這個傷口的？究竟曾經發生了什麼事？或者究竟什麼時候斷掉這隻右手臂？」

「你依然困惑，但這次開始可以伸手碰觸兔子的傷口。透過一次又一次的來回撫摸，你在跟兔子說些什麼嗎？」

「我在跟她說……」

易晴先是茫然地停頓了下來，過了一會兒，有些話語從她口中自然地流洩了出來：「我在跟她說：『你還好嗎？』『你痛嗎？』『爲什麼你明明斷了一隻手，臉上卻還是掛著大大的笑容？』」

眼淚開始在眼裡盈滿，然後逐漸落下來和她哽咽的聲音融成一體。

「我在跟她說……『你好棒！你好辛苦，我好心疼你！』」

「我在跟她說……『不要怕，不要擔心，我會好好照顧你……』。」

在一旁陪著的蘇青也紅了眼眶，她靜靜的看著易晴低下頭緊緊地把斷手的粉色絨毛兔子抱在懷裡，原本輕聲的啜泣，逐漸隨著更多潰堤的眼淚轉爲痛哭。

也許易晴並不知道，這些解開封印後止不住的眼淚，究竟是爲了淡粉色絨毛兔而哭？還是爲了她自己「看不見傷口的傷」而哭？但是蘇青明白，這一刻，易晴已經穿越了明亮的小皇冠、開心的笑容，以及始終樂觀正向的「Always Smile」，開始碰觸那些被她隱藏了很久的傷。

因爲知道在易晴心底的封印裡可能有傷口，所以在旁陪伴的蘇青提醒自己，同行的步伐要更緩、更細緻、更溫柔。

「穩穩陪著她，緩步往前走，她會遇見傷，也會遇見內在自具的光！」蘇青在心裡跟自己說。

4

兔子兔子，我們究竟該怎麼辦呢？

這隻兔子一點貢獻也沒有，怎麼能加入闖森林的團隊？

「如果這隻少了一隻右手臂的兔子，要去闖一個森林……」這天的會談中，蘇青拋給易晴一個童話故事般的戲劇性問句。

「這隻兔子太小了，又少了一隻右手，去闖森林，真的有點危險啊……」易晴遲疑的語氣中露出藏不住的疑慮和害怕。

「有沒有可能，她可以找其他強壯的動物夥伴一起闖森林呢？」

隨著蘇青的話，易晴的腦海中浮現一個畫面：兔子的四周伴隨著老虎、大象、獅子、豹……增加出來的安全感讓她的臉上浮起了一個微笑，但是下一秒，立刻就像是從沉睡的美夢中突然驚醒一樣，易晴拚命搖著頭：

「不行！不行！這隻兔子一點貢獻也沒有，她怎麼能加入這個闖森林的團隊？不可以的！」

「你是說，如果沒有貢獻，兔子就不能加入闖森林的團隊嗎？」蘇青輕聲確認著。

「是啊，團隊的成員們相互照顧、彼此貢獻所長。但是這隻兔子受傷了，她這麼軟弱，又沒辦法付出，沒辦法貢獻，她怎麼可以跟著團隊一起闖森林？」只見易晴雙手和頭都一起劇烈搖晃著：「不行！不行！絕對不行！」

「你的意思是，在你心底有一個信念是『我必須要有貢獻、有能力，才能加入一起闖森林的團隊』？」

「咦……我有這個信念嗎？」

易晴對這個探問感到陌生和詫異，卻又無法否認剛剛明明從自己口中說出的話。

「我是這樣想的嗎？原來……原來，在我心底，我是這麼不允許沒有貢獻能力的自己處在團隊裡啊！」易晴喃喃自語。

「你的意思是，不是其他那些獅子、老虎、大象、豹……不接受沒有貢獻的你，而是你不允許自己加入？」

「我只是覺得，如果這隻失去手臂的兔子是柔弱無力的，她最好不要加入闖森林的團隊。因爲她不能只是一個被照顧而不分擔責任的角色，如果她受傷了，她應該要自己待著，自己一個人走，不要拖累其他夥伴，也不該占其他夥伴的便宜。」

「你有一個觀點，如果你是柔弱、需要被照顧、不能分擔責任的，加入團隊就是拖累其他人？就是占別人便宜？」

「呃……你這樣一說，好像眞的是這樣，但我從來沒想過耶。」

「如果你看看森林，看看孤單的兔子，還有那個越來越豐富的夥伴隊伍。你可以感覺到兔子有什麼心情或想法嗎？」

「她眞的好想加入那個隊伍啊！但是只要她這麼想，那個聲音又響起了——『不行喔，沒有貢獻的能力，你不能加入闖森林的隊伍！』」

「那是一個怎麼樣的聲音呢？」

「那個聲音並不兇，甚至很溫柔。她溫柔的跟兔子說：『我們不要拖累別人好嗎？我們不應該占別人的便宜喔……』」

在易晴放慢且輕柔的語調裡，蘇青感受到那個茲茲念念的提醒，彷彿像是一株細軟卻柔韌的繁茂藤蔓，溫柔但堅定地緊緊綑縛住易晴的心。

她看著深深走進了自己內心世界的易晴，伸手抱起粉色的絨毛兔子，喃喃地對著兔子說：

「兔子兔子，森林這麼大、這麼深，這麼未知，我們究竟該怎麼辦呢？」

大耳朵上掛著小皇冠、少了右手，左手上的氣球依然清楚寫著「Always Smile」的兔子沒有說話，只是帶著笑容一起停留在易晴的問句裡。

5 為什麼我們會隱藏傷？

一個「照顧者」與「迫害者」集於一身的矛盾騎士……

走在這片綠洲般的都市公園裡，蘇青彎身撿起一片紫紅色的心型落葉，隨手遞給了身旁的易晴。

「你看是不是像一顆可愛的紅心？大自然真的是驚喜處處，只要你給它機會讓它靠近你。」話風一轉，蘇青別有寓意的說：「**靠近，也許會受傷，但是也才有機會得到愛。**」

聽到這句話，易晴轉過頭看蘇青，一瞬間眼睛裡閃著光點，但很快就又消失了。只見她低頭用手細細來回撫摸著心型葉片上暗褐色的蟲傷痕跡，安靜沉吟了一會兒才問出心中的疑問：「為什麼我們會隱藏傷？」

「孩子，我記得很多年前陪伴一個女孩一起走過一段心旅行，在探索的過程中，回顧過往，她有感而發地跟我說：『如果當時那麼小的我一直記得這些的話，那絕對會是一場災難！所以那時候**我潛到水底去了**，我希望有人能把那些妖魔鬼怪趕走，我希望等到安全的時候有人會拉我上岸。』

「我們都曾經不自覺地用遺忘的方式來隱藏和否認成長歷程中所受的傷，不過，我其實很尊敬這個隱藏或否認，甚至我覺得，我們要欣賞自己用這樣的方式，幫助了當時還太小，還無法承受的自己；我們要感謝我們幫助自己存活下來。

「更重要的是，我們也要歡慶現在我們長大了，不再是小孩了，我們擁有新的力量，我們開始有能力走上心旅行——開始勇敢認出過往被隱藏的傷，溫柔地為自己療癒它，自我創造地活出心中渴望的眞實而完整的自己！最終，領取我們都值得擁有的『升級版』幸福和成功。」

「尊敬自己。欣賞自己。感謝自己。歡慶自己。天啊！這實在是完全不一樣的態度，感受完全不一樣！」易晴驚嘆著。

「是呀，就好像當我們的身體受傷了，細胞組織會把受傷的膿瘡直接包覆起來，這就是身體保護自己的方式，好讓其他地方不受到感染和傷害。心裡的傷其實也是一樣的，所以你說，這是不是很値得尊敬、欣賞、感謝和歡慶的一件事呀？」

隨著蘇青的話，易晴原本困惑的眉頭逐漸鬆開，不過下一個疑問，很快又占據了她一貫習慣思考的腦袋。

「但是……難道我們不能繼續用這個曾經幫助過我們的『否認』或『隱藏』嗎？」

「的確，很多人在童年就學會了否認，並且一直延續到長大成人。可是這個未癒的膿瘡有時候是無法自癒的。膿瘡越長越大，我們也越來越痛苦，我們也不斷啓動否認的機制。如果我們一直不回頭去照顧那個膿瘡，當膿瘡爆裂開來，往往造成生活中的巨大事件。因爲長期的否認，絕對不會對任何人有益。

「佛洛伊德就對創傷做了這樣的比喻，他說，人類內在心靈就像外在皮膚組織一樣，也具有盔甲般的保護功能，也會因爲意外而受損。當這個功能被創傷事件劇烈衝擊時，會在這個人潛意識裡留下痕跡，同時形成防衛機制，而且在之後發生類似的外在狀況時啓動得更激烈，只是這時候除了保護作用之外，它也會造成心靈的痛苦，甚至外顯變成症狀。」

「防衛機制？聽起來是能保護我們的好機制，沒想到也會對心靈造成痛苦？」易晴訝異地說。

在一片盛開的蓮花池畔，蘇青找了個平坦的大石頭坐了下來。

「防衛機制是一種具有『雙重特性』的心理防禦架構，也就是既能撫慰保護自我，也會傷害自我。就像一個『照顧者』與『迫害者』集於一身的矛盾騎士一樣，它盡全力地用密封、幻想、酒精之類的成癮、麻痺等等方式，把我們與現實可能的傷害隔離開來，保護曾經受傷的我們。

「另一方面，它也可能把生活中每個新的機會，都誤認爲是讓我們再度受傷的危險，於是也把好的契機也抗拒於外，讓我們只是安全地活著，代價卻是內在無法整合，無法活出有創造性的完整生命。這代價十分慘重。」

「原來在我們不知道的情況下，它對我們心理的影響這麼大啊！」

「而且，還不只心理層面，」蘇青拾起身旁的一顆小石頭拋進了池塘中。「我們的身體會記得頭腦遺忘了的過往創傷，如果這個創傷的壓抑大到一個程度，它甚至會以疾病的方式出現。疾病其實是一個語言，它是在表達——表達過往的事件，表達創傷，表達過往未完成或者未被滿足的期待。」

蘇青望向被丟下的小石頭所驚擾，漾起一圈圈波紋的水面。

「我記得有一個女孩，她老是抱怨不時胸悶、經常呼吸不過來。儘管還是愛漂亮的年紀，但為了不影響工作和生活，她只能盡量穿寬鬆的衣服來讓自己舒服一點。當她剛開始來找我一起心旅行的時候，她完全不記得小時候有什麼情緒創傷，她跟家人雖然有點疏離，但整個家庭生活仍然算是安穩。

「後來我幫她透過繪畫的方式和自己的內在溫柔靠近，她畫出了一個女孩被關在完全密閉的透明壓克力方盒中，背對畫面，蜷縮在方盒一角。她說這個女孩是現在的她，而且從很小的時候她就在這個盒子裡了……」

「天啊……」易晴張大了嘴，訝異地看著蘇青。「所以她也有一個自己不知道的情緒創傷嗎？」

「記得之前我跟你說的嗎？我們每個人長大的過程中，即使是成長於充滿愛的家庭，也很可能曾經經歷情緒創傷。不過這並不可怕，因爲我們還是好好長大了，不是嗎？**這就說明了，我們同時也擁有強韌的生命力和豐富的內在資源**。現在，我們可以用長大後的自己去接觸那些遺忘的創傷。

「一旦當我們讀懂防衛機制背後的眞相，重新了解自己的過往，療癒那些創傷，原本既保護我們又迫害我們的矛盾騎士——防衛機制就會失去存在的價值，我們就可以從痛苦中走出來，開始創造截然不同的全新生命！」

池塘上一重重的水波紋迴圈逐漸淡去，水面回復了平靜與明亮，映照著朵朵蓮花以及飛舞而過的紅蜻蜓倒影，甚至還收留了天空中美麗的雲影。

「就像這片池塘，它的底層是一片泥濘，可是卻同時滋養出這一朵朵盛開的蓮花。」

易晴望著蘇青臉上安然的微笑，再轉向眼前這片景色，穿透雲層灑下的陽光落在蓮花上，也照進了她的心底。

第四章

內在呼喚

只有當你朝向
自己內心觀看時，
你的視野才會得以清晰。
那些向外看的人，
在作夢；
向內看的人，
是覺知的。

——榮格

1 暗影的召喚

你的心，已經準備好跳進潛意識的大海……

「我可以抽一張牌嗎？」望著桌上漂亮收納盒裡好幾盒不同的牌卡，坐在長木桌一角的易晴幾經猶豫，終究還是開口央求了。

摒著呼吸，輕輕拉起手上的細嘴壺，讓壺口的水流溫柔有致地落在剛磨好的咖啡粉上，蘇青趁著節奏暫歇的空檔，回道：「當然可以，挑一副你喜歡的牌，然後爲自己抽一張牌卡吧。」

「就這麼隨性？」

「隨性不是就是最好的嗎？」蘇青爽朗的笑了！「哪來那麼多規矩？記得，**越單純，越碰觸得到你的心！**」

最後一滴琥珀色的咖啡滴落，蘇青抬頭看見易晴正虔誠地閉眼洗牌、抽牌，她不禁想起年輕時的自己，「我也曾經是這樣的呀！」帶著理解的笑容，端著兩杯咖啡移步到客廳裡，慢慢品味著這日曬陽光藝伎既清亮又甜蜜的花香與蜜香。

「你看，我抽到這張。」易晴走來遞過一張牌卡，在另一張沙發坐了下來。

「愚者牌？很有趣！」

「是什麼意思啊？不會是指我很笨吧！」伸伸舌頭，易晴用自我解嘲的方式放鬆著自己的疑惑。

「其實啊！愚者一點都不笨，反而是大智若愚的象徵。你沒看他的表情這麼放鬆自在嗎，代表的正是和潛意識或者瘋狂的連結，他能夠跨越各種界線，顛覆過於僵硬的意識生活……」

話語一頓，蘇青的眼裡閃過一道興味盎然的慧黠，「說不定，你的內心已經準備好跳進潛意識的大海中囉。」

「跳進潛意識的大海？天呀！會不會太準了啊！你知道嗎？前兩天很奇妙的，我突然感覺到從心底浮現出一個聲音，她說：『我想看看我的暗影』！

「這個聲音把我嚇到了！因爲我性格一直都很正向，應該是天生的吧！雖然我的確也滿敏感的，但是從小到大，不管遇到怎樣的挫折，最後我都可以回到正向的狀態。這樣的我怎麼會有暗影呢？而且這幾天我也很努力回想，我的成長過程實在是很平凡啊！我有暗影嗎？如果有，我怎麼可能都不知道？」

易晴的敘說彷彿觸動了蘇青些什麼，只見她起身走到那個占據整座牆面的木質大書櫃前，彎身翻找著。過了一會兒，她手上多了一本有著歲月痕跡的筆記本，回到單人沙發坐下。

「孩子，我想跟你分享這段手札，哎呀！我的眼睛不行了，看不清楚，你願意幫我唸一下嗎？」

易晴點點頭，接過手札本，開始輕聲唸道：

「負責初談的年輕心理師漂亮的大眼睛輕輕眨了一下，又很快地努力回復明亮溫柔的注視。

『我覺得心底好像有一片很厚重的暗影』，關於我的這句話，她猜測了些什麼嗎？以致於她有了那0.1秒的畏縮。我為她0.1秒的畏縮感到抱歉。我很想跟她說，喔，你別誤會也別擔心，我沒有被性侵或者家暴或者霸凌或者自殘的過往……我只是想看看屬於我的暗影。即使，我也不知道那究竟是什麼？

從小到大，我一直是相信『生命本具光亮』的人，我有太強大的能力可以相信人、愛人，也一直相信這世界有光。

我的人生順遂而平凡，這樣一個不夠傷痛又太過正向的人生，平凡得一如鄉間夏日裡的寧靜午睡時光。清風徐徐，大樹綠蔭清涼，日光蟬鳴，遠處大海的浪濤聲如母親溫柔的搖籃曲輕唱。

天地安好。

可是，究竟是什麼在召喚我呢？

在海洋的那一端，或者，在海洋之下，深潛著什麼存在嗎？我看不到，但我感覺到……」

闔上手札本，易晴好奇的問著：「你是說，即使我們記不得有暗影，我們還是可以去探看它？」

「是啊，當時也許我還沒辦法這麼肯定的跟自己說，但是經過這些年，當我完成了自己的探索旅程，當我陪伴許許多多的人走過他們的旅程之後，現在我想跟你說：是的，孩子，別害怕，即使我們不確定它是否存在，**即使和他人相比，那或許不足以稱之爲『暗』**，但只**要它召喚我們，它就存在**。對我們來說，那就是暗，或者，那就是痛，是傷，是以前當我們必須努力求生的時候，需要捨棄遺忘，於是被我們裁剪、砍伐、棄置的暗影。

「這是一趟內在召喚的冒險之旅。

「也是一趟懷著對自己的愛與溫柔出發的未知之旅。

「重點是，你願意爲自己走上這趟旅程嗎？」

蘇青的每一個問句都敲在易晴的心上。

她低頭看著放在桌面的牌卡——頭上戴頂桂冠、一身色彩斑斕服裝、滿臉歡欣的愚人，雙眼無視眼前的懸崖，而是望向遙遠的天空，昂首闊步地前行。他的腳邊有隻小白狗正狂吠著，似乎在提醒他要懸崖勒馬，又好像是隨著他一同快樂起舞。

「你不害怕墜落谷底嗎？」易晴在心裡輕問。

愚人沒有說話，他一臉絲毫不擔憂不害怕的輕鬆表情，就好像懸崖下會有個天使托住他似的。

深深吸了一口氣，抬起頭，看著蘇青如同星光般溫暖的雙眼，易晴點了點頭說：「我願意。」

② 改變是一場「雙螺旋」的旅行

它帶我們既靠近自己，也與他人連結；
既接觸底層的黑暗，也揚升連結高處的光亮。

「對不起。」這一天的會談，易晴一開頭就是這句話。

「雖然上次我跟你說，我願意開始往下看我的暗影，但是這兩天我又突然有一個疑問，如果我根本不記得曾經受傷，還需要往下挖掘嗎？就算不處理，我不是也可以繼續一樣好好地生活下去嗎？」

「別擔心，出發之前的反反覆覆很正常，更何況，這是你的旅行，你是你自己的主人。記得，在這趟心旅行裡，你可以隨時決定，完全沒有好壞對錯，尤其不需要跟我道歉，好嗎？」

蘇青理解又包容的話語，加上臉上溫柔地跟易晴確認的表情，就像一陣清新的和風，吹過了易晴原本擔憂緊繃的心。她輕輕點了點頭，感到放心和放鬆。

「這的確不是一個絕對必要的選擇，但我也想跟你分享，這些年我清楚地見證，我們可以不只是活著，我們值得活得更好、更快樂。這是一個『升級版』的選擇——你的快樂成功幸福是眞實的，但是你心中莫名的糾葛和辛苦，以及人際關係裡的矛盾與挫折也都是眞的。不正是因爲這個眞實的痛與困惑，帶你來到這裡嗎？」

蘇青的話讓易晴腦海中浮起了那天卡在紅綠燈前，不知到底該直走或左轉的自己，以及那段時間越來越頻繁地感覺到可能會突然失控的害怕與無助。她不自覺地深深吸了一口氣。

「但是……往自己的暗影底層走下去會遇到什麼呢？我覺得很害怕，如果那是一個深淵怎麼辦？如果我掉進去就出不來了怎麼辦？」易晴眞實說出自己的疑慮。

「孩子，別怕，你聽過心理學家榮格嗎？他說過，改變是一個螺旋式的歷程，而這些年，我自己深深體會到的是『改變是一個雙螺旋的歷程』。」

「雙螺旋？是什麼意思？」

「意思是，**它是一個『雙向同時打開拓展』的歷程**。

「當我們如螺旋般漸進地『往內』朝自己前進探索時，同時會有另一個相對的螺旋『向外』朝著他人靠近；當我們『往下』朝向暗影螺旋式的探看時，同時也有另一個相對的螺旋『往上』朝向光亮碰觸。

「內外、上下、自己他人、黑暗光亮……

「**所有對立兩極的相遇與整合之後的大圓滿，才是生命的實相，也才是心旅行最終抵達之境。**」

話鋒一轉，蘇青定定看著易晴的雙眼，眞摯的說：「更重要的是，這趟心旅行裡，我們每個人內心自具的力量、智慧與愛，會始終陪伴、引領我們。只有當我們足夠堅強、當情勢足夠安全的時候，心才會開始渴望走上旅程——開始與過往的暗影產生連結，並且讓暗影展現新的意義！

「雖然這個相遇可能也讓我們感到痛苦，可是這一次的痛苦是有意義的，**它將我們曾經切割、遺棄的碎片重新整合到我們的生命史裡，讓我們眞正開始完整圓滿的存在。**」

「也就是你跟艾莉分享的『自在——眞實的自己存在』嗎？」

「是的，孩子，那是我們每個人都值得擁有的美好。不過，你可以依著自己的心，照自己的速度和節奏往前走或者停下來休息。

「每個人都是獨特的，這份獨特值得得到欣賞和尊重。真正的愛不只是陪伴，也是願意等待。能夠陪伴自己、等待自己，就是我們可以給自己的愛。

「別急，等你準備好上路，我們再一起往前走。」

在蘇青微微的一笑裡，易晴彷彿看見一片澄藍天空下青綠的草地。在這片以欣賞和尊重打開的悅納空間裡，許多透明翅膀的小天使輕盈飛舞著。

她心裡的粉色小天使彷彿也被呼喚而出，悄悄附在耳邊，輕聲跟她說：「這，就是我們可以給自己的愛！」

3 看見「斷裂」的模式

你用消失斷裂的方式，來表達自己說不出口的決定？

窩在沙發裡，易晴今天看起來特別疲累低落：「對不起，上個星期臨時跟你請假，實在是因爲我太生氣太沮喪了！」

「發生了什麼事？」

「你知道嗎？一個跟我認識了二十年的閨蜜，居然什麼都沒說的就突然封鎖我！」雖然表面看來是生氣的指控，蘇青卻也聽見背後藏著的濃濃委屈和受傷。

「沒錯，那天我們是有件事意見不一樣，氣氛不太愉快，可是當下人太多並不適合解釋，所以我想回家後再跟她好好說。沒想到我發給她的訊息好幾天她都沒讀，原本我還以爲她忙或是需要安靜一下，後來，我才知道她眞的把我封鎖了！」

「今天你想談談這件事嗎？」蘇青探問。

「本來是的，但是這兩天沉澱了一下，我好像突然發現一件事，在我的過往生命中，好**像有一個重複的『斷裂』模式？」**

「斷裂模式？怎麼說？以前也有人這樣突然就跟你斷裂關係嗎？」

「嗯……不是耶。」一個愧疚的表情出現在易晴臉上。

「是……有好幾次，我都用斷裂的方式結束跟別人的關係。比如說大學時的初戀，一開始也很甜蜜，但是大概一年後，我越來越覺得我們的個性差異實在太大，應該分手做回朋友比較好，可是我又完全不知道該怎麼跟始終那麼溫暖付出的男友說出口，所以我就趁長長的暑假完全斷絕跟他聯絡。

「你用消失斷裂的方式，來表達自己說不出口的決定？」

「嗯……其實我心裡一直都很愧疚，但是我完全不知道到底該怎麼面對這種事？甚至，我其實也搞不清楚，爲什麼自己突然之間就完全不想要這段感情了。而且，這種事不只發生過一次，也不只在愛情裡，有時候友情也是。」既自責又困惑的複雜心情在易晴心裡翻攪著。

「我很好奇，這種『用斷裂的離開，來跟重要關係中的他人告別』的模式，曾經出現在你小時候的生活中嗎？」

「沒有啊，我們家是小家庭，只有爸爸媽媽和我們幾個兄弟姊妹，我從來沒有什麼分離的經驗啊！」

「不過！」像是想起什麼似的，易晴說：「從小到大，如果我對一個人非常生氣，我覺得表達憤怒最強烈的方式就是在心底說：『我不要你了！』對我來說，最大的懲罰不是痛罵你，或者打你、報復你，而是我根本不理你了，不僅是身體離開你，在心裡我也完全離開你了！從此，我們是陌生人了。」

「哇！這眞的是非常極致的斷裂，因爲不管我們是對一個人生氣或者怨恨，在情感上都還有連結，所以我常說：『愛的反面不是恨，而是冷漠』，而斷裂——從關係中徹底離開，似乎成了你生命劇本的一個主題。」

「天呀！如果是這樣，我也太慘了吧！」

「而且，你注意到了嗎？以前，是你斷裂別人，可是這一次，你是被他人斷裂。」

「對耶！以往她對我付出很多，既細心又溫暖又照顧我，這次卻絕決的封鎖所有和我之間的聯繫管道，切斷一切讓我溝通解釋的機會——就像我以前對別人做的一樣，讓我第一次體會到原來被斷裂是這麼的痛苦！」

「其實，不只是痛苦而已，也許，它可能還有更深的意義……」

「更深的意義？什麼意思？你不要嚇我！」

「孩子，別怕，生命不會故意懲罰或者嚇我們。相反的，祂對我們有很多的愛，知道我們眞正的渴望！祂站在一個更高的視點上，用可行的方法引導我們。

「一直不自覺地跟人斷裂，就是在關係裡創造疏離，但這眞的是你要的嗎？如果不是，而你又一直不覺醒的話，祂就開始召喚別人對你回以『斷裂』了！榮格說過，當我們內心未曾意識到的衝突在現實中突然發生了，這就是命運。

「可是孩子，那不是懲罰，而是愛——透過痛苦讓你醒過來，讓你下定決心面對，讓你有機會去看看，到底是什麼時候你選擇並且緊緊握住了它？也讓你終於可以重寫你的生命新劇本。」

「不是懲罰，是愛……」易晴在這句話裡慢慢安靜沉澱著……再開口，她望著蘇青說：「我眞的不想重複這個『斷裂』的生命主題了！我可以怎麼做呢？」

「也許，你這趟探看『暗影』的心旅行，就從『斷裂』這個主題開始啓程？」

點了點頭，易晴知道，這趟心旅行已經是非上路不可了。她不要再重複斷裂的迴圈，不要再掉入明明想要的是幸福，卻總是傷人又傷己的關係裡。不管有多少的疑問和未知，不管前方是什麼，她都要爲自己，也爲身邊的人，大步往前走去！

4 聽！心畫的敘說

其實，你就是你自己的大師！

「這幾天我想了想，如果你願意的話，這次我們可以試試先以繪畫的圖像敘說來探索你的『斷裂』，然後再配合文字書寫的自我敘說方式。」

「咦，繪畫也是一種敘說嗎？」

蘇青微笑：「心，沒有清楚的邏輯或語言。也許我們可以嘗試用更貼近這種形態的圖畫形式來讓她說話。我喜歡用柔軟、跳脫框架限制的方式來探索未知的暗影或創傷，它通常能比純粹的語言更快開啓與自我連結的神祕大門。尤其這次你渴望探看的是『暗影』，既然是

『暗影』，勢必是我們長久以來不自知、被意識壓抑隱藏到極深處的某些什麼，自然難以穿透大腦的精純防衛來被我們看見或聽見。

「其實榮格曾經說，『影像』是意識與潛意識的橋樑，是潛意識尋求浮上意識層的產物。它不僅在我們沉睡的時候，以夢的形象出現，當我們清醒的時候，它則是依著直覺引領而畫出的圖像，我喜歡把它稱爲『心畫』。」

「前段時間我看了一本關於解夢的書，書上說，夢是潛意識在跟我們說話。你說的心畫聽起來……是睜著眼睛作夢嗎？」易晴好奇的問。

「是呀，你可以說『心畫』是一種『醒著的夢』——我們打開內心的時空之門，接觸深埋的隱密自我，和內心世界連結。所以當筆下的圖像出現時，很可能勾勒出的是我們不自知的深層自我狀態，或者是生命重要的議題。

「事實上，在人類還沒有發明文字之前，是以繪畫來記錄故事、說故事，無論是古埃及壁畫或者舊石器時代壁畫，都是當時的敘說的形式。我相信，『敘說』是本質本體，無論是圖像、文字、語言都只是工具，重要的是『敘說』出自己的生命故事。當我們嘗試和潛意識接近時，用多重的媒介來細緻地靠近，就像一個深情溫柔的情人會用各種方式求愛一樣，我們會爲自己重整更多內在的覺知，最後帶回個人生活。」

「聽你這麼說，我感覺好像我的故事很值得被溫柔靠近，這讓我很感動。」

「是啊！每一個人都有被傾聽的渴望，也都值得這樣好好地被自己聆聽和了解。跟自己對話、傾聽自己，而不是一直把注意力放在外面，尋找外在刺激來把內在聲音蓋過去。

「這就是愛自己，這就是值得我們爲自己做的事情。」

「謝謝你這麼細緻地陪我一起釐清這些困惑和害怕。」易晴的臉上漾起信任的微笑，「接下來，我要靠你了！」

「孩子，其實你就是你自己的大師！我們每個人都是內在力量自具的，也只有我們能爲自己做出選擇。你擁有那把神祕的鑰匙，答案就在你自己身上。尤其當你說，你『渴望』接觸你的暗影，『渴望』，代表了我們內心極大的自發動力，代表著你開始更深地靠近自己、愛自己。

「我們每個人心中都有一個眞實，那個眞實，純主觀，非客觀。既然過往你一直那麼努力地在別人的土地上生長開花，到頭來仍然討好不了別人，仍然創造出雙向疏離的關係，這一次是不是願意先回到自己的土地上，努力生長，開出自己的花？你是不是願意更放心的透過繪畫或書寫各種方式，完全以自己的角度、自己的感受，做一份自己的紀錄？你是不是願意對自己說出屬於你自己的眞實故事？

「這些年我深刻體會到，『眞實，比優雅更迷人，比和諧更動人！』對現在的你來說，先練習對自己眞實，也許正是一個重要的關鍵練習。剛好接下來我會出國一段時間，如果你願意的話，可以嘗試自己先用繪畫探索你的『斷裂』，然後把過程和體會用文字寫下來。也許我們可以試試透過e-mail來對話，協助你往前探看。」

「我就是自己的大師？對自己說出屬於我的眞實故事？」蘇青的這些話莫名地撞進了易晴的心。

不知道爲什麼，她感到內在有一股力量隱隱騷動。

「究竟，這股力量會把我帶到哪裡去？」

在原本的擔心之外，這次，她感到好奇的泡泡，在心裡一個又一個冒了上來了……

第五章

暗影浮現

窺之正黑
投以小石
洞然有水聲

——《古文觀止》

1

眞正的活著

原來，我寂寞了那麼久，不是因為別人疏離我，而是我背離自己。

親愛的蘇青：

不知道你現在是不是已經在國外了，雖然我很不想提，但我和志遠又大吵了，我不知道究竟誰對誰錯，我眞的好累，我是不是該放棄這段婚姻？可是小蝴蝶怎麼辦？我不能給她一個破碎的家啊！我不知道該怎麼辦，但我想，也許我該開始走上你說的「心旅行」。

你說的沒錯，**我們不能一直重複舊的自己，卻期待有新的不同**。如果心旅行可以讓我既往內連結自己，也往外跟我愛的人連結，無論如何我都得試一試。

只是，在照著你的建議——「用畫畫和文字，爲自己敘說眞實的生命故事」之前，我還有一個問題想問你：如果不擅長寫作或畫畫，也是可以的嗎？坦白說，小時候我很喜歡寫作，高中還編過校刊，只是出社會之後就再也沒寫了。至於畫畫，從小我的美術成績都很爛耶，這樣也沒問題嗎？

心很亂的易晴

親愛的易晴：

我感受到你對小蝴蝶的愛如此的飽滿，更欣賞你願意踏出改變的第一步。我們是孩子的原生家庭，當我們開始願意探索、改變自己（以及夫妻關係），就是在爲自己、爲伴侶，也爲孩子創造幸福的新可能。

你要相信，眞正的愛，一定是雙贏甚至多贏的！

至於你的疑問，別擔心，繪畫或者文字的能力不是重點，開始靠近自己才是最重要的。大概已經是二、三十年前吧，當我剛開始同樣用這個方式做自我探索的時候，曾經寫下了這段文字，雖然每個人的旅途和體會未必相同，但願這樣的分享可以帶給你一些什麼。

就像是突然轉到了一個新的頻道，除了原本熟悉的自己之外，我開始收聽到自己內心的聲音。原來，過去所知道關於自我的圖像並不完整；原來，在我內心裡封存了某些聲音。我覺得自己既熟悉又陌生，既慌張又不安，同時也騷動興奮。

就像……就像一座活火山微微甦醒了。

可是那火紅的熔岩，究竟是會把我吞噬毀滅？還是會成為熱情與滋養的生命能量？

我很困惑，也很害怕。

但我也隱隱感受到一種期待——像是一陣風吹進密室的清新氣息，或許也像是植物人開始甦醒……我的手指頭、腳趾頭可以屈張活動了，感覺血液開始流動，神經傳導微微連線了。

「我感覺到，我跟自己靠近，跟自己在一起。」此刻，當這句話從我筆中寫出時，我的眼眶微微濕了。

原來，我寂寞了那麼久，不是因為別人疏離我，而是我背離自己。

我淚流不止……

榮格說：「只有當你朝向自己內心觀看時，你的視野才會清晰，那些向外看的人，在作夢；向內看的人，是覺知的。」而此刻我感受到，過去那個背離自己，封存心底聲音的自己，的確如同沉睡在夢中。

過去那個只是向外看，向外追求抓取，看似行走活動、反應思索、決策對應的那個我，現在看來，更真切的說，不過是「行屍走肉」。

當我開始傾聽自己內心的聲音，當我是覺知的，我才甦醒，也才是真正的活著。

我，想要真正的活著！

親愛的易晴，你也渴望眞正的活著嗎？

愛你的蘇青

2 魔性墨黑花朵

看似絕望悲傷的墨黑，也能成為一朵花嗎？

親愛的蘇青：

「你也渴望眞正的活著嗎？」這句話深深觸動了我，讓我有勇氣開始畫我的「斷裂」了。我也依據你的建議，畫完之後立刻把整個過程和心裡浮現的感受全都寫下來。

但是，我眞的想說，這實在是太奇妙、太不可思議了！

怎麼會出現這個我完全沒有想過的畫面？

☆☆☆

面對一張白色畫紙，我手上只有一支細黑筆。不是刻意選擇，而是因爲突然之間，不知爲什麼，我怎麼樣都找不到蠟筆盒。

握著筆，我想起你跟我說的話：「不需要用大腦思考，就是讓感覺帶著你畫」。

筆落在畫紙正中央，先是出現了一個黑色漩渦。它從中心不斷地迴圈旋轉、旋轉……。

圖1：魔性墨黑花朵

感覺上好像是風暴中心的力道太強，拿筆的手感受到那越來越強的力量，彷彿就要失控，速度越來越快地往右上不斷地旋轉而去，接著繞回到中心，又接著又往左下擴張旋去……

凌亂而強烈的筆觸，像一道是巨大的黑色龍捲風，把原本純白的畫紙絕決地切分成左上和右下兩個空間！

我停筆，凝視這個畫面。再度開始落筆。

以這個「黑色龍捲風」，或者「黑色刺鐵圍籬」爲界，在右下方白色空間裡，我的筆再度開始不斷不斷迴圈繞旋。不同的是，這次**它緊鎖在一個中心點上，不斷不斷的重複又重複又重複，更密、更緊實、不透風、無法呼吸，直到逐漸形成一個「暗黑核心」**，並且在這個暗黑核心裡不斷地旋繞。

我一邊停不了手，一邊開始擔心：會不會穿破紙張呢？

可是黑旋繼續，它沒有停止的意思。

漸漸地漸漸地，它守住核心但同時往外繞旋成一個個接續的同心細長橢圓。一圈一圈，重疊又開展，開展又重疊……

「啊！竟然像是一朵墨黑色的花！」我驚訝地看著自己停不下的手畫出這朵墨黑的五瓣花朵。迴圈繼續，墨黑五瓣花越來越濃重且清楚顯影，然後，我手中的筆才（願意）停下。

困惑、複雜、難以解讀……我被種種情緒籠罩著。我發現自己不自覺地深深吸了口氣，又在不自覺中閉上眼，長長呼出一口氣。

筆再度落下。

在「魔性墨黑花朵」的某個距離之外。

遠遠的，一圈細細的黑色線條，輕而緩慢的延展，逐漸圈成流動的不規則圓；再遠一點，第二圈；再更遠一點，第三圈。像是地震後的餘震在慢慢釋放，我手上的緊繃感也明顯褪去。

我注視著畫面，突然發現眼前的「視景」開始產生變化。

不再只是專注於黑，或者更精確地說，不再只看得見黑，在黑與黑的線條之間，我開始看得見白色部分了。

我的注意力轉向左上方的空白處。突然覺得，那是一方可以呼吸和飛翔的空間。筆再度落下。先是一朵，接著是另一朵，兩朵自在的白雲，悠然飄移。然後，先是一隻，接著另外一隻，兩隻自由的飛鳥，高空翺翔。

在這片藍天裡，我感覺到敞開，寬闊，輕鬆呼吸。

雲朵、晴空與飛鳥，每一個存在，既獨自，也相伴。

當我看著整張完成的心畫，突然發現，這是一個以黑色龍捲風為界的兩個世界。

也太奇妙了吧！居然剛好是一個兩邊相對的世界！

我有點擔心這個黑色龍捲風？或者是黑洞？是不是會把一切摧毀？把我捲走？或者讓我墜落到無止盡的黑暗深淵？

心情複雜 的易晴

☆　☆　☆

親愛的易晴：

你說「突然之間」、「不知為什麼」、「怎麼樣都找不到」彩色蠟筆，於是只能用手邊的細黑筆，也許是巧合，但我更感到那也許是「來自內心的引領」——她刻意不讓你又掉入色彩的美好明亮的誘惑裡，或者慣性的偽裝隱藏裡，就是如如實實、無從迴避的，用無彩的黑與白勾勒真實。

你的這幅黑白「斷裂」心畫，讓我覺得既簡單又震撼！

在你細黑且濃重凌亂的線條泥沼裡，居然綻放出一朵「魔性墨黑之花」？

看似絕望悲傷的墨黑，也能成為一朵花嗎？

這朵花到底是怎麼開出來的呢？

她是你心底的風景嗎？她看起來既混亂又美，她要告訴你什麼嗎？那個承接重重複重重、無盡迴圈的核心黑點，是墨黑色的淚水嗎？

我也看見，兩極的特質似乎並存在你的這幅心畫裡——「凌亂」同時「規律」；「憤怒」同時「優雅」；「無助」同時「安定」……甚至，在迴圈般重複又重複的「穩定」裡，同時帶著一種彷彿懸於一線的致命「危險」——會不會就在下一筆，如你所說「穿破紙張」地從這張白紙世界中破裂而出？

不過，我同時也看到，似乎因爲這股**內在糾結的巨大張力有了破口與釋放之後，你的內在有一些什麼開始鬆緩了**，於是在這朵花的外圍，如你所說的，像餘震般釋放了一圈圈漣漪，甚至接下來，你有能力開始畫出左上方那個可以呼吸和飛翔的開闊世界……

我們不需急著解開所有的疑問，慢慢來，繼續溫柔地靠近你自己。

期待你的下一張心畫。

愛你的蘇青

3

剛強之心，柔弱之心

安全與死亡並存，這就是處在斷裂狀態下的你嗎？

親愛的蘇青：

這週我依然想著「斷裂」這個詞，讓感覺帶領我來畫。

我先選了黑色蠟筆，用粗線條畫出一顆心。更準確的說，是一個用黑色線條圍住的心。我的筆一圈又一圈地堆疊，加厚、加厚、再加厚，像是建築一道城牆一樣，直到成為一道固若金湯的安全保護為止。

接著，在這個以黑色鐵牆守護住的剛強之心裡，我畫了一顆黃色的心——淡淡的淺黃色曲線，就像早晨的薄金色陽光，或者夜晚的暈黃月光，溫柔而明亮。

再往中間，一顆小小的、紅色的、實體的心，被包在另一顆稍大一些的紅心當中。她靜靜躺在這一片溫柔的流光裡。這個核心裡的世界，如此溫柔、喜悅，飽滿而安好。

我感到整個人都鬆緩了下來。

漸漸的，我的視野開始擴大，容納整個完整的畫面——由內而外分別是「活力亮紅的

圖2：剛強之心，柔弱之心

心」、「溫柔暈黃的心」、「剛強墨黑的心」，以及心之外的白色世界。

突然一個聲音從心裡閃過——「這個黑色鋼鐵的心牆，這麼厚實堅固毫無密縫，空氣進不來啊！」

我開始驚慌。

「該怎麼辦才好？」

我拿起黃色蠟筆，想要畫一條細管，讓外面新鮮的空氣進來！

可是下一秒，另一個想法浮現——不管穿過這道黑色鐵牆的管子再怎麼細——我腦海中出現了一個畫面，一道隨著管子迅速延展的裂痕，最後將整個黑牆崩解了！

我心裡響起警鈴般的聲音大喊：「不行！太危險了！不安全！我需要這個堅固的黑色鐵牆保護！」同時另一個微弱的聲音輕聲說：「但是，黑色鐵牆也完全阻擋了新鮮空氣啊……」

我覺得自己被困住了。

拿筆的手懸在半空中，進退不得。

啊！兩難！

卡住的易晴

親愛的易晴：

為什麼需要固若金湯的厚實城牆？你需要保護守衛的是什麼呢？你受過傷嗎？是在什麼時候？必須是銅牆鐵壁才足以保護？到底是多危險？多害怕？**是因為這樣，所以你才會需要「斷裂」嗎？**

「黑色」和「鐵牆」的剛硬、冷酷、絕決，和一牆之內「透黃」與「流光」的溫柔、明亮、暖意形成強烈對比——我好像再度看見你的內心世界似乎總是對照、對立、對比的兩極，那究竟是衝突？矛盾？互補？還是救贖？

我也好奇，正中央那個小小的「紅心」，對你來說是怎樣的存在？你願意和她待在一起，看看她、感受她，聽聽看她在跟你說什麼嗎？

愛你的 蘇青

親愛的蘇青：

當我繼續看著正中央小小的紅心，我發現我不自覺地微笑起來，整個人放鬆、怡然、安心、愉悅。天啊！我真的好愛這個小小紅心的世界！這是一個值得被保護珍視的世界，我願意用一切的代價去保衛她……

可是，當我與外界全然隔絕，我保護了我的心，讓自己安全了，但也讓自己處在沒有空氣的窒息狀態中了啊！

親愛的易晴：

你說：「處在沒有空氣的窒息狀態中」，讓我感受到，那彷彿是一種慢性的、痛苦的死亡狀態？

安全與死亡並存，這就是處在斷裂狀態下的你嗎？

內心卡在這兩難之間，你到底有痛苦？

我在你的心畫與敘說裡，看見了「兩邊都是死亡」的進退兩難、無處安歇。是因爲這樣，所以這些年來你才會不停在「疏離」與「親密」之間折返跑嗎？這是否和你內在的兩極衝突——如同這幅心畫中所敘說的，外在的「剛強」和內核的「柔弱」的矛盾——有關呢？

親愛的蘇青：

你的這句話：「兩邊都是死亡的進退兩難、無處安歇」，讓我淚流不止。我突然明白，這張心畫是在跟我說，她一直都太累、太「心」苦了。

我心疼她，我想救她。

可是究竟出口在哪裡？我完全沒有答案。

不知道為什麼，現在我感到特別的疲憊和哀傷。
我能夠找到出口嗎？

無助的易晴

4 膿血狂舞者VS.純淨粉薔薇

我的心經歷過這樣的處境嗎？
我如此疼痛過？如此絕望過嗎？

親愛的蘇青：

今天我選了紅色蠟筆。

在畫紙的正中央，一道鮮紅色的閃電凌空劈下，從上而下完全貫穿！我手上的力道強烈而堅決，不斷地加粗加重著這道閃電，而且在每一個轉折的地方都塗成銳角——像刀鋒一樣尖銳鋒利的銳角！

停下筆，我看著強烈銳角的鮮紅雷電，從白色畫紙的右上方劈向左下方。

圖3：膿血狂舞者vs.純淨粉薔薇

多奇妙啊！我又不自覺地把畫紙切分成兩個世界！

我既詫異又困惑，停下了原本的心畫，讓感覺蓄積浮現，然後再度開始落筆……

每一個鋒利如尖刃的雷電銳角處，開始有一道道彷彿被刺破的紫紅色膿血流淌而出。紫紅色不夠濃重，我加上深沉的暗咖啡色，還是不夠沉鬱，再用黑色蠟筆勾勒每一道膿血的邊線，接著每一道膿血繼續往下流淌，開始在地上匯積成一灘暗褐、墨黑、紫紅色交織的膿血大地。

停不下來的凌亂筆觸繼續一層一層的堆疊堆疊……直到它變成一整片厚重而且凝滯的「膿血大地」——是的，「膿血大地」！這就是我心裡浮現出來的詞語！

好像還有什麼在心中流動著……我依直覺拿起黑色蠟筆，從上往下，落下了密密的短線條，直到這片彷彿是從天而降的黑雨，籠罩住整個世界，我才感覺到心畫的左半邊完成了。

我停頓，呼吸。

接著，注意力轉到畫紙右方的空白處。

依憑著感覺的帶領，我拿起粉膚色蠟筆，先是一個短線條，再一個，另一個，一層一層由核心逐漸向外層疊開來。

啊，原來是一朵嬰兒粉膚色的複瓣玫瑰！

兩瓣中心嫩綠、外圍深綠的葉片，安穩又溫柔地托撐著她。

畫紙右上角，橙橘色的太陽暖暖照耀著。

花朵下方，出現一彎亮褐色的枝幹，朝著左下方延展而去……

我停筆。腦中閃過一陣微顫的困惑與遲疑，好像是我的大腦在抗拒！可是，我手上的動力沒有停歇的意思，我只能繼續順著心中隱微卻清楚的力道而走——亮褐色枝幹朝左下延伸，最後銜接上了左方世界下緣的膿血之地。

左右兩個世界，終究還是連結了！

我看看整幅畫，感覺似乎有什麼還沒完成。

繼續依著直覺地拿起蠟筆，回到右邊嬰兒粉色的花朵世界。亮褐色的枝幹上開始增生了幾株新的細枝，冒出幾片嫩綠的新葉。

在枝芽與新葉上，一朵含苞的小花悄然新生……

然後我感覺到，這幅心畫完成了。

☆　☆　☆

親愛的蘇青，我真的不明白，爲什麼這次我的心畫又出現了左右兩個對立世界？而且兩個世界的落差這麼大！左邊的「膿血大地」是痛苦、創傷、黑暗、沉重、絕望；右方的「粉色玫瑰」是喜悅、新生、明亮、輕盈、祝福、希望。

這麼大的差異當然很難並存，當然只能分裂。

可是，他們爲什麼又沒辦法眞正斷離，一定要有連結？究竟我的心底，有著一個什麼樣的世界？

感覺分裂的 的易晴

親愛的易晴：

這次左邊的圖像先吸引了我！

看著從一個個銳角處流淌的紫紅色膿血，我好像看到一道道凌空而出的膿血溪流，紛紛落地匯聚成你說的「膿血大地」。

如果你再凝視這些空中的紫紅色膿血線條，你會多看見什麼嗎？

親愛的蘇青：

我照著你的建議，繼續去看那些噴流出來的紫紅色膿血。坦白說，一開始我什麼都沒看見，但看久一點之後……我怎麼……怎麼覺得她像是一個跳舞的人形？！

我以爲那是髒汙、黑暗的地獄世界，甚至彷彿可以聞到腐爛的腥臭味，但在汙穢的同時，怎麼會有「跳舞人形」的畫面浮現？甚至，我從這個跳舞人形上，感受到了一種活力！這反差實在是太大了！我好驚訝！

現在的我覺得有點頭暈……

親愛的易晴：

你看見的意象，讓我感受到來自你內在自具的探索力量，讓我深深的感動！

我好奇的是，她何以還能夠舞蹈？她究竟是痛還是快樂？她的活力從哪裡來？她是來自地獄的冥界使者？還是來自天堂的落難天使？

我好奇的是，這個在膿血大地上跳舞的人，她在你的生命裡出現過嗎？

親愛的蘇青：

「她曾經在你的生命裡出現過嗎？」你的這個問句重重敲中我的心！

我嘗試和她對話。

「你是誰？」

「我是你的傷，我是你的痛，我是你的憤怒，我是你。」

「你是我？不是，你不是我！你不可能是我！我從來都沒有看過你！你，嚇到我了！」

親愛的蘇青，是的，我被嚇到了！這個瘋狂的、髒汙的，但同時又充滿了活力，甚至……是的，魅力！一種妖惑魅力的女人！雖然我不想承認，但她是以一種巨大的活力與魅力存在著的女人！我感到無比陌生。她，怎麼可能是我？

還有，那些密密落在她身上的黑色暴雨，我彷彿可以感受到打到身上的疼痛……還有……「絕望」！

雖然這是我自己畫出來的心畫，但是，我的心經歷這樣的處境嗎？我如此疼痛過？如此絕望過嗎？如果是眞的，爲什麼我完全不記得呢？如果不是眞的，她又從何而來？爲什麼會在我的筆下出現呢？

再度看著她，我有一種很想大哭甚至嘶吼的衝動。

在絕望中，她仍然在舞蹈？

那些刀箭般的黑雨落在她身上，地上紫黑濃血已然聚成水窪，她仍可以跳舞？

她爲何跳舞？

她瘋了嗎？

有人看到她嗎？

有人可以去救她嗎？

可以嗎？

親愛的易晴：

我感受到，你一句句的探問，都是一聲聲的求救吶喊。

我感受到，這個在膿血中跳舞的女人，透過你的心畫和文字，穿越時空，在你終於安全長大具備力量的此刻，浮現出來與你相遇。

我也感受到，你還有另外一個內在的力量同時展現——右邊的那個明亮溫柔的世界，她是怎麼出現的呢？她是何時開始存在的呢？

爲什麼這朵玫瑰會連結上濃血大地？爲什麼你的意識上出現了對這個連結的抗拒？在你心底，又是什麼「拉」著你完成這個連結？

有沒有可能，你的膿血也是一種滋養？

親愛的蘇青：

是啊！你說的沒錯，我同時也有一個明亮溫柔的世界！我不知道她究竟是什麼時候開始存在的，但那似乎是我熟悉的美好。我可以一直「只」待在這個世界裡嗎？

你說的「抗拒」，是因爲我不想讓明亮的粉膚色玫瑰世界，跟髒污膿血的世界接觸？因爲那是一種汙染？

可是我的確又無法忽略那個從心底湧現的力量，你形容的沒錯！是她「拉」著我的手繼續延伸玫瑰枝幹，直到和膿血大地有了連結。這是因爲她渴望讓兩極相遇？她渴望整合？她渴望不再分裂？她渴望不再對立嗎？

一如我心底的那個聲音——「我想看看我的暗影！」

這力量，是我內心的呼喊嗎？我不知道。

你問我：「有沒有可能，膿血也是一種滋養？」有可能嗎？我很疑惑，也很好奇。

答案，究竟是什麼呢？

害怕迷路的易晴

5 黑洞夢境

那種不斷不斷不斷下墜的可怕感覺，

總是一次次的讓我驚醒！

親愛的蘇青：

不知道爲什麼，最近我總是做一個「墜落無底黑洞」的惡夢。或者與其說是夢，好像更像是眞實……

我總是在從沉睡中微微甦醒、分不清是醒是夢的時刻裡，一方面清楚知道自己躺在床上，同時卻感覺到腳跟下的床面有一個很深的洞，於是我努力撐住身體讓腳踝微微懸空，因爲我害怕一不小心就會掉進那個不知道有多深的黑洞裡。

這樣撐住一陣子，其實已經甦醒的我理智地想：「不可能！我現在不是在做夢，我在房間裡，躺在床上，床上並沒有黑洞！」當我清楚意識到這個「眞實」的時候，身體已經撐得有一點累的我就開始小心翼翼、慢慢慢慢的把腳跟輕輕放下，想讓她靠在安全的床墊上……

可是，每當我把雙腳落回床面的那一瞬間，我立刻感覺自己往下掉進那個無底黑洞！那種不斷不斷不斷地下墜，沒有止盡的可怕感覺總是讓我立刻驚醒！

就在剛剛，我又經歷了一次這樣的驚醒……

現在的台北正是深夜，身旁的志遠睡得很熟，我不想吵醒他，但我眞的很困惑，也有點擔心，爲什麼會這樣？這跟我最近的心旅行有關嗎？

很想跟你說說話的　易晴

親愛的易晴：

夢是通往潛意識的大道，她走在意識之前，可以爲我們帶來啓示。

榮格認為，夢是精神系統自我調節的方法，透過夢，潛意識得以浮現出來成為意識的嚮導、朋友與顧問。他還說夢也是各種「原型」朝著個體化的方向發展，並且試圖統一成一個和諧平衡整體的嘗試。如果我們探索夢，將能完成整合意識與潛意識的使命。

所以，夢，的確很可能是潛意識在告訴我們：有事情要發生了，這事不一定是壞事啊！「墜入黑洞」之所以讓你害怕，是因為你以為那一定是負面的、會毀滅你。可是孩子，你記得，是內在的力量驅動你，讓你渴望探看未知的暗影對嗎？

這個夢，也許是潛意識在告訴你，你已經準備好了，可以去碰觸她了。我一直相信，我們的生命力、內在智慧，充滿了愛，也充滿了力量，她會在我們準備好的時候帶著我們前進。

另外，你還記得我跟你說過，「心旅行是一場雙螺旋的旅程」嗎？當我們往下螺旋前進的同時，也有一股相對應的力量，帶著我們螺旋而上！

對於下一個新階段的雙螺旋旅程，你期待嗎？

下週我就要回到台灣了，期待見到你，以及你的下一張心畫。

愛你的 蘇青

6 暗影開光

如果那時候的我無力面對，只能封存，
那麼現在的我就有能力面對嗎？

「這次的心畫眞的太奇妙了！」易晴在電話裡的聲音彷彿還響在耳際，除了焦急還混雜了一股興奮。「會是怎麼樣的一張畫呢？」坐在咖啡館一角的蘇青心底不由得好奇了起來。

易晴從櫃檯端了飲料走了過來，只見她一坐下，立刻迫不及待地彎身從袋子裡拿出一本素描本。

「你看！這是我這次的心畫！」易晴急切地說著：「這次面對空白畫紙的時候，我覺得心底有一個聲音說：『我想要看那灘膿血大地！』我跟著這個聲音走，選了紫紅、深咖啡、黑色蠟筆，就像之前一樣，這些顏色很凌亂、很有力量的不斷迴圈，一層又一層疊壓上去，然後就在畫面的正中央形成了這個厚重的橢圓形。

「接下來，我又選了淡黃色、粉膚色、嫩綠色、天藍色、橙色、紅色、亮黃色，一圈一圈，用同心圓的方式向外擴。」

圖4：暗影開光

蘇青一邊看著易晴的心畫，一邊專注跟隨她急切的描述。蘇青可以感覺到易晴在繪畫時，是和內心全然連結靠近的。

「然後不知道為什麼，我想要回到中間這個橢圓膿血上，想幫她加上一些色彩。我試了紅色、橘色、天藍色、嫩綠色……一個一個換著畫上去，可是完全沒用！她好像是黑洞一樣，所有這些明亮的、溫柔的色彩，都會被她吞噬掉！

「可是我還是不想放棄，還想繼續在這中央的膿血上增加色彩，不知道為什麼，好像……好像我就是很希望能衝破這片黑暗……

「我繼續嘗試不同顏色的蠟筆……慢慢的我發現在微小的細縫中，偶而橘色會透出來。然後我又用鮮紅色努力在正中央核心用力地旋繞畫著，漸漸地浮起一個看起來像暗紅色的小圓，最後我再拿起黃色，往這個核心小圓的正中央落筆。這次，終於成功了！」易晴發亮的眼睛裡，有著藏不住的興奮。

「我終於成功在這個膿血黑洞的正中心，畫出一個黃色的亮點了！我覺得很開心！可是……」

易晴停了下來，看了看蘇青，彷彿在確認她依然與自己同在。

蘇青看著她，給了她一個支持的眼神。

易晴深吸了一口氣，繼續揭開這段讓她驚異又困惑的心畫歷程。

「我感覺到，我整個視線都被黑洞正中央的這個黃色亮點所吸引。看著它，我突然覺得有點頭暈……有一種恐怖的感覺從心底升起……

「我感覺到，那黑洞好像有一種漩渦一樣向下旋轉的吸力。我的手腳突然緊縮僵住，呼吸彷彿停止，那一瞬間我整個人都凍結了。我很用力的搖搖頭，然後將視線從中央的黑洞拉開，往外擴展，直到整張完整的圖都出現在我的眼裡。然後我看見……」

「你看見了什麼？」在長長的傾聽之後，蘇青第一次開口。

「一隻眼睛！」易晴睜大了雙眼。

「我看見那是一隻眼睛！而且，她是一隻『彩虹膿血眼睛』！

「可是，我不懂，為什麼她可以既是彩虹又是膿血？明明一個很聖潔，一個很骯髒；一個在天上，一個在地下；一個很美麗，一個很醜惡的啊！我眞的不懂！」喘了一口氣，易晴繼續說：「於是，我又重新看著中央橢圓形的黑洞眼睛……我發現自己被這個眼睛正中間的黃色亮點吸引了……」

蘇青注意到易晴聲音裡有著微微的顫抖，她輕聲問：「你感覺那是……？」

「是……『開光』！

「**我的心底浮出一個聲音，『它是開光』！**」

「你的意思是，就像民間習俗，雕製完成的神像最後都要被『開光』一樣，那個膿血黑洞，也被那個黃色亮點『開光』了？」

「對！沒錯！就是這樣！我覺得很害怕！我怎麼覺得，這個黃色亮點比周圍的膿血黑洞更恐怖啊！」易晴不但聲音微微發顫，眼神也滿是不安和疑懼。

「這個外圈是平和、美麗的彩虹，內圈卻是濃重黑洞的彩虹眼睛，一旦被開光了，會看見什麼？具有什麼力量？是這個讓你覺得害怕嗎？」蘇青跟易晴確認著。

「嗯，她就像是個『黑洞』一樣，好像裡面有一股我完全無法預知的力量——巨大到不可控制！這個感覺讓我很害怕，甚至有點暈眩。而且，我老覺得正中央的黃色光點一直凝視著我，我的視線完全被她吸住了，完全沒辦法轉開！好可怕，我好想逃走！如果我的膿血是一隻眼睛，那麼，她要帶領我看見什麼呢？……」

「孩子，你擔心這個『無法預知、巨大到不可控制的力量』，她會吞噬一切，所以一直以來，你才會這麼害怕？你才會一直遠離她？

「可是這次透過心畫，你接觸到她了。雖然你害怕想逃，但你那麼努力地在這個黑洞上增加色彩，這意味著什麼呢？你想美化她？你想改變她？還是，你想跟她對話？」蘇青穩穩地、溫柔地問。

「你剛說『還是，你想跟她對話？』的時候，我的心好像『登楞』地亮了一下！是啊，我想跟她對話啊！

「可是，那片膿血也讓我害怕，想要逃。因為……我不知道那裡面究竟有什麼？是過往的什麼被我封藏在那裡了嗎？有我不知道的眼淚和傷嗎？坦白說，這個『不知道』讓我很恐懼。

「如果那時候的我無力面對，只能封存，那麼現在的我就有能力面對嗎？

「或者，這隻『膿血眼睛』要帶我看見的，我能承受嗎？」

在易晴一連串的疑問裡，不知不覺窗外已是一片墨黑。

窗外流動的雲影背後一輪明月高掛，白色月光在雲影間隙裡忽隱忽現。夜色深了。

7 暫停

記得，愛是願意等待。

在週六午後熱鬧又輕鬆的義大利餐廳裡，食物的香氣四溢。

「咦，最近怎麼沒有聽你說你跟蘇青的心旅行了？還好嗎？有繼續發現什麼嗎？」艾莉一邊把窯烤培根菠菜pizza送進嘴裡，一邊關心又好奇地問。

只見易晴用叉子仔細撥掉凱薩沙拉上的培根碎片，她一直對食物有自己的挑剔，不愛的，不管別人怎麼說都不願意碰。艾莉不清楚她是在專心對付培根，還是在迴避她的提問。

「到底怎麼了？跟我說啊！我又不會怎樣。」艾莉追問著。

「嗯，沒有啦，就是……我想要先暫停這個心旅行了。」抬起頭，易晴決定誠實面對艾莉。「我很謝謝你介紹我認識蘇青，我也有很多的收穫，但是……最近我眞的覺得，其實不探索不改變，也能繼續生活啊！」易晴停頓了一下，小聲補上一句：「而且可能更簡單……」

「原來是這樣啊！」艾莉的語氣裡多少有點訝異。「跟你那天說的那張『開光』心畫有關嗎？」

易晴終於把培根粒挑乾淨，依序叉好蘿蔓葉、小番茄、一小片雞胸肉然後送入口中，點了點頭。

「嗯……」原本急著想分享自己的經驗來鼓勵易晴的艾莉，突然心想：「等一等，如果是蘇青，她會怎麼說呢？」她停下了想要勸說的慣性反應，轉而跟易晴說：「我去一下化妝室。」她起身，走向化妝室，同時在大腦中掃描了一下蘇青跟她分享過的「內心冰山地圖」，透過這個地圖來理解和靠近自己……

她覺察到，自己對於「易晴要暫停爲自己創造改變的心旅行」這件事感到焦慮，「但是，這是她的旅行，不是我的啊！」艾莉忍不住笑了，她看見自己不知不覺中又「過度涉入」了！這份覺察，幫助她重新在心裡畫出她和易晴的人我界線，讓自己可以好好地留在自己的位置上，感受到一份安然的「自在」。

她還想起蘇青的一句提醒：「自己存在，對方也存在，這才是關係的美好狀態和意義。」

搓著手上的肥皂泡泡，艾莉心裡有了新的聲音：「是啊，我不需要為易晴擔心，她有自己的速度和歷程，不管中間需要經歷些什麼，我相信她有力量面對。我也尊重她為自己做的選擇，所以我只需要表達身為死黨對她的支持和愛就好了。」抬起頭，看見鏡中的自己臉上掛著輕鬆的微笑。她也突然懂了蘇青的「關係金句」——「關心，而不是擔心！」

俐落地抽了張擦手紙，她推開化妝室的門。

再回到餐桌上，艾莉不再重複過往的模式——因為自己的焦慮，而說出明明是發自關心和愛的善意語言，可是聽在別人耳裡，卻成為充滿壓力的指責或者不懷尊重的指導棋，讓彼此在關係裡接收的不是愛，而是壓力和委屈。

再開口時，艾莉說：「我知道你很懷疑害怕，你也在想現階段也許別的東西比較適合你。謝謝你跟我說這些，我覺得你很信任我，願意跟我靠近。我很開心、很珍惜。我想跟你說，無論如何我都支持你、愛你。你要一直記得，我們是最好的死黨，不管未來生活裡發生什麼事，你都有我這個『狐群狗黨』會陪著你的！」

易晴心裡才浮現不知是感動還是害羞的心情，又被艾莉的這句「狐群狗黨」逗得笑了！

「沒錯沒錯，我們是狐群狗黨！一定要一直在一起喔！」

看起來是輕鬆的笑鬧，但易晴感受到了艾莉的改變，也對艾莉的這個改變非常感激。要是以前，艾莉一定會問個不停，然後就是不斷的叨唸和勸說。雖然明知道她是爲了自己好，但是有時候聽下來眞的壓力很大也很煩啊！

易晴沒把心裡的這些話說出口，只是站起身，「哎呀，不管，在趕去接小蝴蝶之前，我一定要跟你抱一下！」艾莉笑著起身，大大張開雙臂。落地窗外的陽光灑進來，映著兩個女人擁抱的身影。

「謝謝你，有你眞好！」在艾莉的耳邊，易晴終於說出她由衷的心聲。

易晴走出餐廳攔了計程車，上車前還頻頻向艾莉揮手道別。獨留在餐廳裡的艾莉輕啜了一口咖啡，隨著口中迴旋而起的咖啡香，她想起蘇青跟她說過的這句話：「有些花，春天開；有些花，夏天開；有些花，秋天開；有些花，冬天開。記得，愛是願意等待。」

「愛，是願意等待。」艾莉輕聲的說出這幾個字。

一種更深的懂得，在她心中化開，一圈圈的漣漪，泛呀泛地成爲一片美麗的湖水……

8 疲憊的兩面生活

這樣下去也不是辦法啊……

才剛醒，劇烈的頭疼立刻襲來，搖搖頭努力睜開雙眼，外面的陽光刺眼得讓易晴整個人驚醒。「糟了！幾點了！我睡過頭了嗎？」她跳起來抓起手機一看，「天啊！快十點了！」急忙撥號的同時也清清喉嚨，「嗯，不好意思，我是易晴，我今天身體不太舒服，昨晚睡前有點發燒，吃了感冒藥所以睡過頭了。對啊，喉嚨超痛的，所以聲音啞啞的，麻煩今天幫我請假一天，謝謝……」

掛了電話，劇烈的頭疼又襲來，易晴掙扎著起身，走到廚房倒了杯水吞了一顆止痛藥。牆上的時鐘「噹噹噹」的響了十二聲，獨自一人坐在長桌前，任由咖啡逐漸變冷的易晴才突然回神過來，沮喪地撐著頭，自言自語道：「唉，這樣下去也不是辦法……」

這段時間，志遠因爲公司業務的關係頻繁出差，表面上看來生活一切如常，她下班就去接小蝴蝶回家，有時候公司忙，小蝴蝶就先託在奶奶家住幾天。可是在這些看起來「一切如常安好」的表象裡，只有易晴知道，事實不是這樣的……

沒有人知道她的酒癮越來越嚴重。

不知從什麼時候開始，只要一個人下班回到家她就會忍不住開始喝酒，而且是喝到斷片的那種。她眞的好怕那種感覺——早上醒來，怎麼都想不起來昨晚到底是什麼時候睡著的？究竟喝了多少？怎麼上床的？發生了些什麼事？這種完全空白的感覺讓她覺得不安！

但她還是控制不了自己，甚至越來越找藉口讓小蝴蝶待在奶奶家。是的，以前她也常常一邊自責自己不是好媽媽，一邊渴望有自己獨處的時間，可是現在她的獨處不再是享受的放鬆時光，而是讓自己害怕卻又停不了的酒癮。

更何況這變成了一個恐怖的惡性循環！爲了隱藏這個祕密，她必須假裝一切正常的去上班，強打精神讓自己不出錯；她必須假裝一切正常的跟志遠或者其他人相處對話，壓抑住因爲身心疲憊每每快要爆發而出的情緒；她必須對自己假裝「我很好，一切都沒問題」，即使她發現自己好幾次心悸、喘不過氣……

易晴知道再這樣下去，無論是身體或心理，她都快要承受不了了。

端起桌上冷掉的咖啡喝了一口，更醇厚的口感讓易晴提振點精神。她起身走向書房，「我不能再這樣下去了」，她打開電腦，點選撰寫郵件，把自己這段時間的眞實狀況一一寫下……

9 暫歇的必要

在每一個雲影飄移間，柔美明亮的月光，照破暗夜墨色……

親愛的易晴：

收到你的來信，謝謝你這麼坦誠的跟我說這些，幫助我更瞭解你，也感受到你的靠近，我知道這對你是個不容易的新練習，我想跟你說，我很珍惜。

你的心悸和氣喘好了點嗎？身心是相互影響的，例如憂鬱症是在告訴我們，如果不重估自己生命的意義，她將不知道如何活下去。而身體的病痛，也往往是依然健康的部份自我所發出的求救警訊，就如同你心底的那個聲音一樣，很可能她也是在告訴你：「事情不能再這樣下去了」。

這些年我遇過不少爲酒精或食物或其他東西上癮的人。其實上癮眞正的原因，並不是被這些令人迷醉的物質吸引而無法自拔，往往是爲了**逃避現實**。有些研究內在創傷的心理學家就認爲，成癮行爲是我們內在原魔藉由「他物」，來誘惑自我遠離與外在現實的搏鬥。

在這同時，我也完全可以理解你何以需要暫停心旅行的步伐。在陪伴他人的心旅行經驗裡，甚至包括我自己都一樣，我深深地體會到一件事——「看見，需要勇氣和力量！」

年輕時，曾有一段時間我心裡總有種很深的疲憊感，一種「整個人被罩在暗影裡」的感覺。我記得，當時心底像是迴盪著一個吶喊：「我知道轉過身就可以面對陽光，就可以把暗影留在身後，但是我好累，我沒有轉身的力氣，我也沒有面對刺眼陽光的力氣（是的，面對刺眼的陽光也是需要力氣的），可不可以就讓我先待在暗影裡，可不可以先讓我休息一下，等我恢復一點力氣。我答應你，我會轉身的……」

就像旅行的時候，如果疲憊了，我們可以停下來休息，不必急著往前趕路一樣，這趟心旅行，也完全可以按照屬於你的節奏前進，或者時而暫歇，直到你覺得自己可以再上路。所以不用責怪自己，也無需評價自己不夠勇敢或者其他的。記得，**我們每一個當下，都值得用自己需要的方式，好好照顧自己。**

不過，在這同時，我也想跟你分享，你在心畫裡感受到的「開光」，雖然讓你臆測到「傷」的存在，但同時，我也看見了這是你「內在力量」在展現。這讓我很感動也很欣賞，我相信那是你的本心自具的純淨力量。

如同黑夜中的明月，無論夜色多深，無論再多再厚的雲影覆蓋，它都始終存在，並且在每一個雲影飄移的瞬間，以它柔美又同時明亮的月光照破墨色的暗。

這是心理學家說的一個**轉化與療癒的開端**，也是我最近開始喜歡把它稱爲「**自我創造**」的歷程——我們重新與自己的生命力相遇，身體與心靈上的緊綳和痛楚逐漸緩解，重新找回失落的靈魂與心靈，開始更完整而眞實的存在。

在暫歇之後，你是否願意帶著害怕與期待，繼續上路，爲全新階段的「自我創造」而前行？

愛你的 蘇青

10 傷與力量的雙向門

我們既是陷入迷陣者，但也是解謎者。

親愛的蘇青：

謝謝你！讀你的信，感覺就像見到你的人、聽到你說的話一樣，你的文字也同樣讓我感受到溫暖和愛，好像是一個滿滿的擁抱——裡面有理解、有接納、有很深的允許和相信，而這些讓我感覺充滿了力量。

是的，我願意帶著困惑繼續走上心旅程。但是，我可以同時很誠實的跟你說，上次在心畫裡看到的那個「開光」還是讓我很害怕嗎？

矛盾混亂的易晴

親愛的易晴：

我好奇的是，對你來說「開光」的意涵究竟是什麼呢？

據我所知，「開光」的意思一般是指雕塑完成的神像，如果沒有開光，它就只是個雕像；一旦被開光，祂就開始展現神性。

你的彩虹膿血之眼的「開光」，是不是也有這樣雙面的意涵呢？她有沒有可能，不是向下鑿開地獄的黑暗血泉，而是向上推開神性的大門？或者，你以爲是推開通往「傷」的大門，其實這是一扇同時也通往「力量」的「雙向門」？

有一個古老的羅馬神祇亞努斯（Janus），他的名字意味著「門」，面對著兩個方向，是掌管所有門與通道的神。他既是所有入口的守護神，也是出口之神。在古羅馬廣場上，他的神廟有兩扇雙開推門，擁抱著對立的兩端。或者羅馬神話中的荷米斯（Hermes），他是爲眾神傳遞訊息的使者，在他帶翼的權杖上交纏著兩條對立的蛇，一條含著毒液，另一條含著解毒劑。我很佩服的心理學家榮格說，「他既是療癒的泉源，也是毀滅的泉源」。

但是孩子，那是因為我們都用二元的眼光看世界，於是有了兩極對立的分別。如果這個眼光是偏頗謬誤的呢？如果整合二元對立的合一，才是這個世界的實相呢？

我記得，在我同樣走過的兩極整合旅程中，曾經寫下過這段文字：

> 我們的世界，究竟是「二元對立」？或者其實是「完整合一」？
>
> 有可能我既是「陷入迷陣者」？也是「解謎者」嗎？
>
> 大腦的思維無法帶我走出這個謎團，我能依憑的似乎只有畫筆。然而，帶領畫筆的人又是誰呢？是我嗎？但是怎麼可能困惑的是我，清明的也是我？

儘管當時走在心旅行之中的我是如此的困惑、迷惘、混亂、無助，但是在我走完那段旅程之後，我才明白——原來在心旅行時，即使在我們最混亂的時刻，我們內在都有一份靈性的力量在帶領我們，那是我們每個人心中都自具自足的。

是的，我們既是陷入迷陣者，但也是解謎者。

另一個我很愛的法國心理學家拉岡說過，潛意識就是語言，它透過夢、透過畫畫等方式與我們相遇對話。我很欣賞你聽見了自己內在的聲音，欣賞你願意帶著困惑繼續走上心旅行。我也相信，你內在的力量也會陪伴你一路前行。

我在外地的工作還沒結束，如果你想繼續用心畫和書寫往下探索，也許你可以試試用這個句子引領自己——**「當黃色光點如同『開光』一般的存在了，她環顧四周的膿血黑洞，會**

看見什麼？」

謝謝你讓我知道，我的文字讓你感受到溫暖與力量，對我來說，你的真誠回饋也幫助我更深了解自己所擁有的美好力量。

最後，我也想邀請你問問自己：「就算有時困惑與害怕，我是不是也願意，隨時給自己一個『帶著理解、接納、深深允許和相信的大擁抱』呢？」

愛你的 蘇青

第六章

跳進愛麗絲的兔子洞吧

什麼是「陰影」？
就是
我們不想成為的那個人。

——榮格

1

光亮照進黑洞

只要你一直走，總會走到什麼地方的。

親愛的易晴：

今天在書店晃盪時，意外發現了一本古老的《愛麗絲夢遊仙境》繪本。我感覺到，這似乎是一個要分享給你的訊息。

你還記得這個童話故事嗎？愛麗絲在夢裡跟著只有她看得見的兔子掉進了兔子洞，開始了一段尋找「我是誰」的冒險旅程。旅途中，當困惑的愛麗絲歪著頭問：「我該去哪裡？」那隻笑臉貓只是像個開悟禪師似的淡然說著：「如果你不知道你要去哪裡，那麼現在你在哪裡一點都不重要。只要你一直走，總會走到什麼地方的。」

也許我們每個大人的心裡，都有一個兔子洞。當潛意識開始跟我們對話，帶領我們到兔子洞前的時候，就是在溫柔地跟我們說：「是時候了」。

所有會讓我們感到折磨的混亂或恐懼，都是一種跡象，有助於我們找出生命的失衡之處。**此刻，我們活在和童年不同的「時區」，現在的我們，無論身心的力量都遠遠勝過稚弱**

的童年，我們擁有新的力量足以處理這些難題。如果能好好的「看見」它，我們就有機會跨越舊時的障礙，爲自己創造新的生命可能，獲得自由。

等你準備好了，歡迎你勇敢跳進這個已經「開光」——光亮開始照進的黑洞，繼續往前探索行旅！

愛你的 蘇青

☆ ☆ ☆

早晨醒來，站在浴室蓮蓬頭下，嘩啦啦的水聲，像極了從遠方迴旋而來的雨聲。易晴記得昨晚入睡前再看了一次蘇青的來信，闔上眼卻輾轉難眠，直到疲憊的夢境來襲，她深沉呼吸，終於睡去。

夢中，湛藍天空裡，潔白的雲朵飄過一座高聳圓潤的山峰，一個精神奕奕的灰髮老太太喚她同行，領她深入林間。

她們兩人一前一後沉默地走了很久。夏日正午，樹林沉靜。走累了，在一棵老樹根脈間的柔軟葉堆中，老太太自在地坐了下來，易晴也在不遠處坐下。

老太太看著、聽著、靜坐；易晴也看著、聽著、靜坐。

在這片大林的深沉寂靜中，她開始感覺到清風吹過皮膚的微微觸感，聽見遠方不知明動物的低鳴……直到偶然飛掠過一隻看不清身影的鳥，留在空中的撲翅聲打破了寂靜。

她忍不住問：「這片森林究竟有多深啊？」

老太太望著她，眼裡閃著帶著笑意光點的說：「心有多深，它就有多深」，慈祥又智慧的聲音迴盪在林間。

正當易晴還在思索這句話時，老太太起身拍拍身上的落葉，繼續往林深處走去。

她跟隨起身，全心期待，滿懷某種神祕感，卻一點都不害怕。

2 八個負面情緒

始終記得，你值得這樣被自己溫柔的貼近和接納……

親愛的蘇青：

謝謝你跟我分享的「傷與力量的雙向門」和「愛麗絲的兔子洞」！你的智慧、創意和幽默，就像黑夜裡的閃閃星光，讓我原本罩在黑暗裡緊張害怕的心，突然鬆緩了開來。雖然往下跳進兔子洞裡不知道會怎麼樣？但就像你說的，光照進來了，而且也有你在旁陪伴著我，

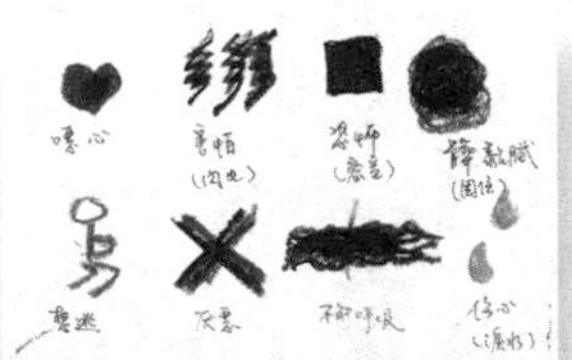
圖5：八個負面情緒

我開始有了繼續往下探看的勇氣……

隔了這麼久再次拿起畫筆，感覺很奇妙，好像很熟悉，又像很陌生！原本我想要像先前一樣停留在「膿血黑洞」裡，我閉上雙眼，感受，然後張開眼，面對白色的畫紙。可是試了好幾次，卻一直沒有完整的畫面可以勾勒，連一個畫面起始的感覺都沒有。

我有點挫折，開始用你建議的這句話引領自己——「當那個黃色光點如同『開光』一般的出現，她環顧四周的膿血黑洞，會看見什麼？」

泡著，泡著。我讓自己泡在那個膿血黑洞的黃色光點裡……

感覺開始慢慢慢慢地浮上來……不是一個整體的畫面，就只是一個個單點。我如實把這些單一的畫下來，或者更精準的說是記錄下來。

第一個是「噁心」。紅色的心裡，湧出黑色的陰影。

第二個是「害怕」。紅色黑色交織的閃電。

第三個是「恐怖」。一個四方形墨黑的密室。

第四個是「骯髒」。困在暗褐色、紫紅色與黑色的漩渦裡。

第五個是「想逃」。紅色的小人奔跑著。

第六個是「厭惡」。紅色的大叉重疊著黑色的大叉。

第七個是「不能呼吸」。暗褐色黑色的水流之下，只靠著一根嫩綠色的葉莖或麥管通向水上方的新鮮氧氣之處。

第八個是「傷心」。水藍色的兩滴淚滴。

親愛的易晴：

你的黃色光點眼睛「看見」這些感受了！

對於這個「看見」，引動你哪些想法、心情，或是任何與你自己相關的……？

親愛的蘇青：

坦白說，我覺得很陌生！也覺得很驚訝！原來，在面對膿血的時候，或說當我泡在膿血裡，我的感受和狀態是這樣的啊？我怎麼會一直都不知道？

親愛的易晴：

我感受到，當你願意好好看看自己、溫柔靠近自己的時候，透過心畫，曾經被你隱藏起來的一些什麼，就開始在這八個看起來單獨、卻又像是一系列的圖畫和文字裡浮現，讓你一一辨識指認出來了。

孩子，別急，別怕，慢慢來。始終記得，你值得這樣被自己溫柔的貼近和接納。

還有什麼其他的發現嗎？

親愛的蘇青：

繼續看著這八個負面情緒，我突然覺得像是站在超市的冷藏櫃前，只不過應該是恐怖片裡的超市吧！一整排日光燈管映射出冰冷藍光，照著上下兩排這八個單品……

或者……是恐怖片中停屍間的冰櫃……

「噁心」、「害怕」、「恐怖」、「髒、黏膩」、「想逃」、「厭惡」、「不能呼吸」、「傷心」——每一個字詞都讓我不舒服極了！也讓我感覺很陌生！但她們旁邊配的每一個圖案，卻又都是這麼活生生！而且，更重要的是，它們都出自我的手！

它們，眞的都是從我內在出來的嗎？

你說，我一一指認出它們了，是呀，好像……一種認親（還是認屍？）的複雜心情！既熟悉，又陌生；既感動，又害怕；既知道是親近的（甚至或許應該抱一抱的？），但同時又想要拔腿離開。這感覺太奇怪了！新奇，混亂，呆滯……

我想，我是被震懾住了。

不過我不懂，爲什麼我會對它們如此陌生？究竟我忘記它們多久了？究竟我是如何封存冷凍藏匿它們的？

親愛的易晴：

你的這段文字，讓我想起這些年那一個個走上心旅行的面孔，甚至也包括我自己。無論是工作或生活，我們都擁有一定程度的幸福和成功，「創傷」這兩個字，很難和我們聯想在一起。但事實上，我們往往把長大過程中的傷，和自己全然切割，以致於全然陌生。就像你說的，你和某一個部分的自己竟然是完全隔離的，那些強烈的心痛、害怕、恐懼、絕望、不能呼吸……完全隔絕在你的記憶體之外，彷彿從來不曾發生。

但同時，你終究還是無法否認它、消滅它，它終究存在於你的身體和心底。它讓你在不自覺之中，以扭曲且錯謬的方式活著。

即使表面上安然無恙，但在內層裡腐爛朽毀；讓你遠離著自己渴望的方向，像是失去座標的鳥，不斷在空中迷航。它被你切割拋出之後，漂浮在悠遠的宇宙中。然後，它在夢裡出現，在心的縫隙裡浮現，召喚著你。

而此刻，親愛的孩子，你終於和它們相遇了。

我聽到你問了很多很好的問題：它們都是從你的內在出來的嗎？究竟你忘記它們多久了？你是如何封存它們的？我相信，這張心畫會繼續帶領你往前看見更多。

不過在此之前，旅人也需要好好的休息。對嗎？

不急，先好好睡一覺。記得那句話嗎？慢慢來，比較快……

祝你有個好眠

愛你的蘇青

3 枯竭中渺小的生機

唯有個體的真實本質，握有療癒的力量

親愛的蘇青：

這週，我想聚焦在那片「膿血」上。依然是暗褐、墨黑、紫紅的膿血，佈滿整張畫紙的底部。雖然我的筆觸仍然是繞旋的，可是我注意到，它們已經可以左右流動延伸成爲一片大地，而不再是上週凝止的蛋形。更不同的是，這次的膿血裡，還多了紅色與橘色！

我把視線拉開，看著整張畫紙。繼續落筆。

上方的空白處，水藍色的雲朵自由飄移；左上方，一彎美麗（但虛弱的）彩虹高掛。天地安靜。

圖6-1：枯竭中渺小的生機

大地上，冒出七叢細小綠芽。

親愛的易晴：

我很喜歡你說的「流動」，當你開始接觸負面情緒，那些糾結多年的鬱積就微微鬆開了，流動了，不再僵死了。別怕負面情緒！在這趟「與自在相遇」的心旅行裡，「體會自己的感覺」是我們要尋回的一個很重要的能力，因為**當我們靠近感覺，就是開始靠近自己；當我們尊重自己的感覺，就是開始尊重自己**。

回到你的畫，你說這次的膿血裡，還多了紅色與橘色！這帶給你什麼感覺呢？讓你聯想到什麼嗎？另外，好好瞧瞧那七叢小綠芽，你有什麼的想法或心情呢？

親愛的蘇青：

紅色對我來說……是「愛」，橘色嘛……是「熱情」！

當我現在重新再看畫中的膿血大地，我發現：居然有「愛」與「熱情」在間隙裡流動！**原來，這膿血裡面，有這麼多愛的存在啊！**這讓我心裡多了一份溫暖，還有感動！

至於那七叢小綠芽，我在想的是，它們能夠安然成長嗎？還是會被這膿血大地吞沒？她們會慢慢長大嗎？會嗎？

☆ ☆ ☆

蘇青和永浩從熱鬧的週末市集回來，把各種小農所種的新鮮蔬果放進冰箱。開了電腦，才讀完一封易晴的e-mail，立刻又看到一封提醒有新郵件的訊息。點開一看，另一幅畫出現在螢幕上……

親愛的蘇青：

很奇妙的，上封信寄出之後，原本很期待看到你給我的回答，可是不知道為什麼，心底突然有一種「想要畫第二張畫」的聲音。該怎麼說呢？好像是有一種「還沒結束」的感覺。

所以我又拿起筆，一落筆仍是大地，仍然摻雜著黑色、咖啡色、紅色、橘色。但這次，紅色與橘色變成超過一半的主體，甚至土壤上層還泛著黃色光暈。

在這片大地上，一棵大樹拔高生長。堅強的樹幹、分岔的樹枝，繁茂的樹葉──有深綠、青綠、黃綠各種成熟度不一的葉片、飽滿而碩大的果實、或棕或黃的落葉。七枝分岔的主樹枝，穩定地向外延展，前端分支出細枝，生長出濃密綠蔭。

圖6-2：圓滿大樹

樹頂上的天空裡，月亮高懸。從月牙、半月，到滿月，又到半月、月牙。橘色的月亮泛著黃色的月暈。

我不明白，爲什麼會有這幅畫出現？但是她眞的好美！好有力量！

親愛的易晴：

好有趣，你說的「還沒有結束」，好像是你的心還想跟你說話呢！這張畫裡的大地，和之前那張有什麼不同嗎？又帶給你什麼樣的感受或聯想呢？

說眞的，我深深的被你的這棵樹吸引。你知道嗎，**樹，具有陸地生命與上天結合的象徵意義，它也象徵著神性**，也有光啓和靈修的意涵，比如說佛教的釋迦牟尼佛就是在菩提樹下成道。

你的這棵樹眞美，再多看看她，你會多看見什麼嗎？

親愛的蘇青：

我注意到黑色的線條仍然在土地裡竄動，但是更多的是紅色與橘色，帶給我溫暖、熱情、生命力的感受。表層的黃色，竟給我如同陽光般的閃耀感。

有什麼聯想嗎？……

啊！是「希望」！

天啊！這片膿血的傷，也同時是希望嗎？

現在看看，這棵大樹樹幹上的黑色線條，它們像是傷疤，但彷彿又「支撐」著樹幹與樹枝。

「支撐」？支撐，意味著的是「力量」。

怎麼可能既是傷疤，又是力量？！

但是，當我看見了「力量」，我也發現，這棵大樹既是「穩定」又是「開展」的。難道，「穩定，並不意味著死亡」？我過往以為「穩定與開展，是對立的兩極」，其實也只是個誤解？當我寫到這裡的時候，我感受到新的視野與氣氛進入了心中。「穩定」這個詞對我來說，好像不再帶著一種壓抑呼吸的沉重感，而是美好的支撐，她是力量。我好像又再度看見，我曾經以為是衝突的「對立兩極」，其實是同時存在的「一體」？

親愛的易晴：

你心畫中的那一排月亮也讓我印象深刻，讓我想起「月盈月缺，歲月流轉」這句話。這棵樹，究竟經歷過多少時光呢？多少次的月盈？多少次的月缺？或者，還有一些被烏雲或厚雲遮住的隱月？不過，無論是盈是缺，是現是隱，月亮一直都在的。

我記得，在榮格心理學裡面有一種說法叫做「月亮心靈」（lunar mind），它指的是一般人常常習慣理性的思維（太陽／陽性心靈），但是如果要通往內心黑暗未知的領域，需要透過沉思來運作抽象的或直覺的心。我很喜歡人人都有的這個「月亮心靈」——雖不像太陽那麼亮，但暈黃的月光也能溫柔地把夜色照亮，讓你隱隱看到點什麼，尤其，夜晚也是較能接近非意識層次的時刻。

這幅心畫就像你內在智慧的預示圖，讓我感受到，你的月亮心靈，也就是陰性能量，正在爲你的身心注入新鮮的氧氣、開啓更多的智慧！

親愛的蘇青：

我的「月亮心靈」？這幅圓滿大樹是我自己「內在智慧的預示圖」？我好希望眞是這樣！但是……我明明是在接觸那些骯髒恐怖的負面感受哪？

親愛的易晴：

孩子，從心理學的觀點來看，**當我們走在復原或者整合的旅程時，往往必須探索原本被我們厭棄或壓抑的暗影**。但是這個探索，就像我之前提過的「雙螺旋旅程」，或者「雙向門」一樣，也同時帶我們遇見光亮和力量。而現在，你的心畫正展現出這個信念！

看著你的這幅「圓滿大樹」，我很感動。我彷彿看見，你內在的智慧正在引領你——當七叢綠芽掙扎著生長時，當你問「它們會慢慢長大嗎？」，你的心，像是在回答你疑慮，帶領你透過畫，預視未來的圖像。接著這幅圖又引出你的自問自答，在新視野裡滋長出新觀點。

這讓我想起榮格的一句名言：「**唯有個體的眞實本質，握有療癒的力量**」。這個眞實本質，就是「本我」，或說「自性」，是一種在自我操控範圍外的超個人力量，我們可以感受得到，但不容易定義它。

榮格說：「本我也是我們人生的目標，因爲它是個體命定組合的最完整展現，我們稱它爲個體性。」他說：「當它（本我）象徵對立面之間的結合時，也可能以二元性的結合作爲展現。譬如陰陽相推的道家陰陽圖、敵對的兄弟組、英雄和他的對手（例如魔王和龍族）。因此在經驗上，本我似乎是一場光和影的比賽，儘管它總是被認知爲一個對立面相互連結的整體或統一體。」

我認爲，心旅程就是榮格所說的「個體化歷程」。在這個旅程中，我們並不是要成爲「更好的自己」、也無需「改善自己」，甚至也不是前往與自身相距遙遠的目的地。而是往內「轉化」，重新看見眞相、領悟眞理、與眞實且完整的自己相遇——重新回到眞正的家。

是的，這是一趟回家的旅程。

我看到，你的「本我」，正以智慧的光引領你，甚至，她在你感到脆弱的時刻，先為你預示一幅終點的美麗圖像。

因為，當心中有了渴望，我們會更願意去冒險。

4 我不要你！

你不可能忽略我的存在！
你不可能看不見我的！

親愛的蘇青：

你可能不明白你上一封信帶給我多大的力量。從小，我就是感情細膩又敏感，讓我在兄弟姊妹之間顯得那麼不一樣。他們不像我這麼善感，也總是受不了我怎麼會感受那麼多？媽媽可能是家裡唯一懂我的細膩的人，可是她太忙了，每天她都有做不完的家事，還要照顧常常生病的妹妹。

我一直很羨慕那些個性大剌剌，總是理性、不會情緒化的人。漸漸的，我也開始這樣鍛

圖7：我不要你！

鍊自己——不再用文字抒發感受和心情，也刻意讓自己看起來理性俐落，隱藏甚至砍掉細膩敏銳的一面。

親愛的蘇青，我眞的不想要她們，因爲她們總是讓我顯得怪異又孤單，讓我那麼受傷、那麼痛苦……

可是你說的「月亮心靈」，深深觸動了我。

你讓我想起，是啊，我曾經有這樣一顆溫柔細膩的心啊！她其實也很美，對嗎？而且，聽了你的分享，我才知道原來她沒有丟掉我！即使我這麼討厭她，即使我長久以來不想理她，但她仍隱隱陪伴著我，甚至在我感到最虛弱的時刻裡，溫柔地爲我照亮那麼美的一幅圓滿大樹的圖像！

我覺得很感動，也感到力量流進了心裡。今天，當我想繼續用心畫深探自己的時候，我聽到心底有個聲音說：「我想畫『憤怒』！」這眞的很奇妙！從之前想逃離「開光」，到現在心底清楚堅定的聲音在說：「我想要畫憤怒」，我感到自己心底多了一股不但是願意、更是能夠直視「我的憤怒」的力量！

☆　☆　☆

面對空白的畫紙，右手在蠟筆盒的各色彩之間遊走，選定，紅色。

開始落筆，一道、一道、又一道，如火焰的意象開始展現！火焰中間的核心之處，暗黑與紫紅色彩開始重疊而且不斷強化！

畫著畫著，突然，我的心底一個感覺浮現──它，怎麼會也像是一朵「蓮花」？

再一次的，我意識到自己並不想直接跳去聖潔蓮花的畫面。再一次，我刻意的想在暗影裡停留（我的暗影是「憤怒」嗎？）。

紅色筆觸繼續用力的畫著，一筆、又一筆、再一筆，火焰越來越熾烈地燃燒！突然之間，我清楚地感覺到心底有一個聲音浮起。

是憤怒在說話，她說：「你不可能忽略我的存在！你不可能看不見我的！」

幾乎是同時，我感覺到心底另一個強烈的聲音暴烈而出！

我拿起黑色的蠟筆，在燃燒的火焰上，用力地畫下一個大大的 X。

「我不要你」我的心大聲吶喊！

☆　☆　☆

親愛的蘇青，當我看著我的心畫，以及畫完之後立刻寫下來的這些文字，我感覺到手（和我的心）仍在微微顫抖。

我的「燃燒的憤怒」像一朵「蓮花」嗎？

我想起之前心畫裡的「粉膚色玫瑰」、「彩虹」、「蝴蝶」……我不懂，爲什麼我的暗黑畫面，總是很快就連結到這些美好聖潔的意象？

親愛的易晴：

你說「我想要繼續『深探』」，所以那不只是「探看」而已，是要深挖，才看得到的嗎？

你說，「我不要你！」（我感受到，那是一種堅決又哀傷的情緒……）

你不要你的憤怒嗎？你是什麼時候說出這句話的？什麼時你決定丟下自己的憤怒呢？

親愛的蘇青：

「是要深挖，才看得到的嗎？」，你簡單的一句話，卻讓我感覺心底一震！是啊！我的憤怒「埋」得如此深，深到我完全碰不到它。我好像看到了，我的斷裂底層是她，我的悲傷底層也是她。我好詫異！竟然是要經過六張畫，我才能見到她？

究竟是什麼時候，我決定丟下我的憤怒的？我怎麼一點都不知道？

但是在生活裡，「她」偶爾才會出現，而且每一次都出現得很突然，也往往強烈到嚇到別人更嚇到我自己！比如昨天早上開車上班的時候，路邊一台車突然沒打方向燈就開出來，我急煞車後氣得下車，重點是我爆罵的程度就像是連續劇裡的潑婦罵街！我不是認為我不該生氣，而是失控的「暴怒」眞的嚇到我了。也許我眞的需要好好看看她了……

可是，親愛的蘇青，我可以承認我眞的很害怕嗎？

親愛的易晴：

在過往以「整合」為主題的心旅行中，讓我體會最深刻的一點，就是榮格的這句話：**「什麼是『陰影』？就是我們不想成為的那個人。」**

所謂陰影，就是和我們有關，卻不被我們接納，進而否認、壓抑到最底層，於是不被我們覺知的部分——就像你經歷了六次心畫才接觸到的「憤怒」。「陰影」最早來自於他人，包括原生家庭、社會、國家，甚至更久遠的遠古原型或文化。但陰影其實不是全然負面或帶著傷害性的，它不單是黑暗，也有光明的一面。它甚至是長期遭到埋沒、或是未被察覺的潛能與寶藏，是我們尚未活出來的生命力量與自我面向。

你「想要繼續探看的驅力」，和那個即使害怕也仍然存在的勇氣，也許正來自於過往「受到壓抑的自我」的覺醒。

我回想起，在第三張畫「膿血狂舞者vs.純淨粉薔薇！」（圖3）時，你同樣感到內心發出呼喊：「我要看膿血！不要看粉膚色薔薇！」；第四張畫「暗影開光」（圖4）時，你看見了彩虹眼睛，但更想停留在中心的暗黑眼瞳，於是之後有了「開光」！而這一次，你同樣感到自己仍然不想直接跟著「蓮花」的意象走。

這幾次相似的共振點背後，迴盪的是怎麼樣的力量？那震波的核心是什麼？

當我們在傾聽內在聲音的時候，自動書寫也是一種值得嘗試的方式。在我的經驗裡，這方法能夠讓我們避開大腦的屏障，和我們的「月亮心靈」接頻。方法很簡單，就是把心專注在單純的探問句上，然後放鬆地讓你的筆帶領你書寫。不要分心去組織句子，內心浮現什麼就寫什麼。重點是不要停。

記得，這是一個遊戲，不是一個任務。

親愛的蘇青：

天啊！我按照你的建議開始試著自動書寫，我完全沒有想到，我的筆下會自動出現這些文字：

「不要再把我帶走，我想要出來，我跟他們一樣美！請你看我！請你跟我在一起！請你認出我，認識真正的我！我不是你一直要捨棄的那個你！我是更多的你，更真實的你，我是同樣有力量的你！

更重要的是，我是你！你不可以再忽視掩蓋埋藏我，我該活出來了！我是更好的你，我會陪著你走人生未來的路！你需要我，你也渴望我，在你人生的這個階段，我們終於可以相遇了！請，讓我出來，請，看見我！」

當我看到這段文字的時候，除了驚訝，我的眼淚也不斷地落下。

我感受到，這是憤怒的眼淚！那麼狂暴的她卻同時也是那麼委屈、受傷，而且溫柔又善良！

我想起，你帶領我第一次與兩極相遇時的那隻「獵豹」，她也是那麼心碎地跟我說：「我也有一顆綿羊心，我是一隻有綿羊心的獵豹」……

親愛的蘇青，我想靠近我的憤怒。我想摸摸她、安慰她，我不知道我過往是這樣對待她的，我更不知道，這樣對待她，竟然帶給我自己這麼大的內在傷害啊！因爲，她的眼淚，同時也是我的……

5 憤怒？菩提？

當情緒開始流動，生命也同時開始流動了。

親愛的易晴：

在充滿個體意義的心旅行中，對於自己原本厭棄不接受的陰影，我們開始不再是消極的逃避，而是開始對她的存在有了新的積極看待。因為陰影原本就是靈魂無從割捨的一部分，她只是記錄著我們內心的傷。

這些年，我也一再見證，當我們開始讓情緒流動，生命也就開始流動了。就像此刻的你，開始接觸被你深埋的「憤怒」，與她對話，你終將看見她的另一個面貌——活力、魅力、生命力、快樂……

我深深感受到這是如此美麗的一段旅程，謝謝你讓我一起分享。

親愛的蘇青：

謝謝你，我完全沒想到這趟探看未知暗影的旅程，遇到的居然會是我的憤怒，我很訝異，也很心疼她，我想繼續聽她說話！

所以我再度拿出畫紙和畫筆，我想知道，她還會透過心畫跟我說什麼呢？

☆　☆　☆

圖8：憤怒？菩提？

這次我毫不遲疑的選擇了正紅色！

火焰赤然，一道道清晰的、強烈的飛舞著。一道火焰，再一道火焰，又一道火焰。依然是火焰！繼續燃燒，有力的、強烈的，一道又一道的紅色火焰，每一道都幾乎沖天狂舞著。

不同的是，沒有了上次中間核心的暗黑紫紅，只是純粹的紅，也沒有了飛濺灼人的火星。她的狂舞之中有著一種脈絡，從同一個源頭而起，如葉脈伸展，向上狂舞。當我畫完一次，覺得還不夠，筆觸繼續覆蓋，更濃厚更粗重。逐漸飽滿著整個畫面！

畫著畫著，突然我的心底浮出一個意象：怎麼像是一片「菩提葉」？我為心底浮出的這個意象而微微楞住……

「等等！不要跟隨這個菩提葉轉移方向，不要就此停住！請讓我繼續說話！」我的心，像是這麼呼喊著。手的力道仍然透過紅色蠟筆強烈地抒發，紅色的火焰繼續燃燒，我感到一種快感，同時也是一種力量感。

☆　☆　☆

可是，當它全然釋放之後，我突然感覺到，畫中那片燃燒的紅色火焰，轉變成另一個新的意象——「是一件亮紅色的長蓬裙啊！」

我心中的畫面，由這件亮紅色的蓬裙開始擴展……我感覺到，這火焰，其實是一個穿著紅色長蓬裙的女人！她彷彿在舞蹈，裙擺飄揚。她是個活生生的女人！她充滿了魅力，自在流動的魅力，風穿越在她的裙間，音樂在周圍響起，她如此的優雅，同時活生生！

爲什麼會這樣？

我該畫下這個女人嗎？

想擁有這份活力的易晴

親愛的易晴：

跟隨你的心走吧！

我相信，她正帶你開啓另一個階段的旅程！

我會陪伴你一起前行……

6 快樂小女孩

這是一段屬於你和你的小女孩相遇的旅程。

圖9：快樂小女孩

親愛的蘇青：

我把上次的「憤怒？菩提？」這張畫上下翻轉，果然看起來變成了一件紅禮服篷裙！我拿出畫紙，試著把我心中的那個紅裙女人畫出來……

我先是畫出了一件紅色的長蓬裙，然後，一個頭戴黃色皇冠、紅色長髮、裙底還盛開著花朵的女孩逐漸現形。接著我畫出她背後的綠色高山、蔚藍天空、飛鳥白雲。然後再回到女孩身上，海水湛藍的雙眼，張開的雙手，紅色的微笑。

一個豐盛著、開心著，被大自然包圍陪伴著的快樂小女孩！

親愛的蘇青，我有些困惑，**原本在我心中浮現的「女人」，爲什麼最後卻會畫成一個「小女孩」呢？**

充滿疑問的 易晴

親愛的易晴：

也許，過往，你太急著長大了。

現在我們不急，好好的陪著自己，好好的陪著那個還是小女孩的自己。

她出現了。即使原本你遺忘了她，即使原本你又要跳過她，直接去看成熟的女人。

此刻，你的小女孩正「張開雙手，帶著紅色的微笑」走向你。

而你，願意聽聽，究竟她想跟你說些什麼嗎？

親愛的蘇青：

你的話又讓我眼眶紅了，這個小女孩，我遺忘過她嗎？我又不自覺地要跳過她嗎？我明明沒有這個意思啊，但是為什麼好像我很自然地就會忽略她呢？

不過，不管怎麼樣，這次我願意陪陪她，聽她跟我說話。

我該怎麼做呢？

親愛的易晴：

孩子，別擔心，心旅行裡有各式各樣的路徑，可以帶領我們看見各種不同的美景。

去找一張你最小年紀時的照片，一歲、三歲、五歲……都可以，然後選一個不會被打擾的獨自空間，為了減少干擾，你可以把燈光調暗，或者點上自己喜歡的香氛蠟燭、放一段輕柔的音樂。

都準備好之後，坐下來，和照片裡的那個小女孩面對面，在這個寧靜放鬆的空間裡，不用急，也不需預設些什麼，就是溫柔的看著她、關心她、靠近她，看看你們之間會有什麼樣的連結或對話發生。如果你真的不知道怎麼開始，也可以從「我想跟你說……」這句話作為起頭。

這是一段屬於你和你的小女孩相遇的旅程，就像我們往外出發到任何密地聖境的朝聖之旅一樣，既獨特又珍貴。

期待你旅程歸來的分享。

愛你的 蘇青

7 擁抱內心的小女孩

為什麼你覺得我不夠好呢？

這是一個難得輕鬆獨處的安靜夜晚。志遠出差了，小蝴蝶吵著要跟難得回來的堂姊弟一起住在奶奶家。

易晴撿起散落在客廳地板上的一隻隻玩偶走進小蝴蝶房間，淡粉色的空間裡透著小女孩的甜甜氣息。牆上吊線隨性掛著的一張張塗鴉——一隻可愛的卷尾巴綠色蜥蜴、一群下雨天開心玩水的小孩……易晴看著看著，臉上滿是笑意。突然之間，一張畫吸引了她的注意，在小蝴蝶稚氣也靈動的活潑色彩和筆觸之下，竟然是一個開心的小女孩和身旁的一隻兔子，一起玩著跳繩的畫面……

易晴想起了自己的兔子──那隻少了右手，卻仍然戴著皇冠開心微笑的兔子。

「你的小女孩正張開雙手，帶著紅色的微笑走向你。而你，願意聽聽，究竟她想跟你說些什麼嗎？」蘇青的聲音再次在心底響起。

輕輕吸了一口氣，像是做了一個既溫柔又勇敢的決定，易晴跟自己說：「是時候和你說說話了……」

☆　☆　☆

刻意調暗的暈黃燈光下，安靜的空間裡流淌著清雅的音樂，易晴坐在一張和室椅上。在她對面擺著一張照片，一個大約三歲左右、坐在地上玩得開心的小女孩正向她咧嘴大笑。

看著這張翻找好久才找出的照片，易晴感到一種既熟悉又陌生的感覺，心底好像有千言萬語想說，但又生疏得完全不知從何說起……

她想起蘇青的提點，開始嘗試著說出：「我想跟你說……」

沒想到，就像啓動了魔法開關似的，一句句內心的感受隨之流洩出來了。

「我想跟你說……對不起，我一直都把你忘記了……」

「我想跟你說……我其實很愛你……」

「我想跟你說……我很想念你……」

說著說著，易晴的聲音開始哽咽，眼淚也開始簌簌流了下來。

她不明白自己究竟爲何哭泣？是傷心嗎？是想念嗎？是開心嗎？是抱歉嗎？是心疼嗎？是委屈嗎？那麼多那麼多的情緒她實在無法辨認，只有怎麼樣也停不住的眼淚紛紛的落下。

她只能透過如同被雨幕遮住似的迷濛的視線，看著照片裡的小女孩，看著她單純無邪的大笑，看著她朗朗如星的明亮目光，看著她眉眼間的一片天開地闊。

「多麼美好、自由、明亮、完整的一個小女孩啊！」她慢慢收住淚，打從心底由衷地讚嘆、歡喜著。

照片裡的小女孩沒有回話，只是用天眞的目光跟她對視。

慢慢的，易晴的注意力移到小女孩黑白分明的眼瞳。在那裡，是如同天空一樣敞亮的天眞，讓易晴不自覺也放鬆微笑了起來。然後她彷彿聽見了小女孩開心的聲音在耳邊響起：

「我很高興你找到我了！」

「我沒有生氣啊，我不會怪你現在才想起我的！」

「謝謝你找到我！」

易晴繼續看著看著……那個乾淨眼瞳裡，好像有一片片浮雲輕輕的飄過。

她突然認出了，那些浮雲是小女孩的困惑心思，它化成一句一句童稚而單純的聲音，在易晴的耳邊探問著：

「可是……爲什麼你不愛我？」

「爲什麼你會覺得我不夠好？」

小女孩的表情仍是一逕的單純和困惑，卻完全沒有絲毫指責的意思。

嘩啦一下，易晴瞬間淚流滿面。

她突然懂了，這麼久以來，她一直渴望別人愛她，一直渴望著即使她不好也有個人依然愛她，她一直往外渴望了那麼久、那麼久，但其實是她自己不愛眼前這個三歲的小女孩。

「對不起！我忘了你是如此的美好。

「對不起，我一直希望別人愛你，但我卻忘了愛你！

「謝謝你一直愛我！

「我不會再忘記你了！我會把你放在心裡，好好的帶著你一起往前走……」

第七章

愛與傷

在江河注入大海的地方，
形成了一片難以逾越的沙洲，
和泡沫覆蓋的巨大漩渦，
沉船的殘骸在那裡飛舞。

——《泡沫人生》，法國作家包赫斯・維揚（Boris Vian）

1

紅色花朵裙的成熟女人

我畫不出她的雙手！

親愛的蘇青

和小女孩對話之後，我決定去見見她——我心中那個「穿著紅色長蓬裙的成熟女人」……

☆ ☆ ☆

筆落下，是側臉。不知道爲什麼覺得是側臉。接下來是她盤起來的頭髮、臉龐、脖子、胸線身軀……很奇怪的是，**當起伏的胸線開始出現的時候，一股強烈的情緒從心裡湧出，眼淚開始落下……**

這究竟是爲什麼？我怎麼了？我完全不明白，只能感覺到這股強烈的情緒力道，同時讓眼淚流出來。

過了一會兒，我感覺到自己的情緒穩了，可以繼續畫女人的身體了。可是沒多久我又再

圖10：紅色花朵裙的成熟女人

度停住了。

我畫不出她的手！

我看著畫紙，處在巨大的困惑與茫然中，直到另一個感覺在我心底浮現，不是關於這個女人的手，而是：**女人的對面是站著一個男人的！**

畫筆再次開始動，它逐漸畫出一個男人的側臉、脖子、身軀，然後是他的雙手——很奇妙的，這次我可以毫無困難、輕易流暢地就畫出他伸向女人的雙手。

我再一次嘗試畫女人那雙還沒出現的手，卻還是畫不出來……我只好改畫女人的紅色裙子——它美麗細緻如花，而且是耀眼的正紅色。

接著我回到男人，畫出了藍色的長腿，穿著深咖啡色的鞋子。**他站得非常堅定，如同穩穩的大地。**

這幅畫近乎完成，只缺女人的雙手。我第三次嘗試回到女人未完成的手，卻依舊畫不出來。

我決定不逼迫自己，就此停筆……

☆ ☆ ☆

親愛的蘇青，今天的心畫讓我心中浮起許多的問號。

問號一：手象徵的是什麼？是力量嗎？爲什麼我畫不出女人的手？

問號二：我以爲要畫的是一個成熟的女人，沒想到，畫裡卻出現了面對面站著的一男一女。一開始落筆時，我直覺要畫女人的側臉，是這個原因嗎？一男一女的意涵又是什麼呢？

問號三：「手」的意涵，是指與他人的連結嗎？我「久久無法決定怎麼安置她的手」，是因爲我不知道如何與他人連結嗎？

問號四：爲什麼畫這個男人時，我沒有停頓，沒有困惑？他是指志遠嗎？這張畫是要跟我說我的親密關係嗎？

我找不到答案，我好困惑……

好像又陷入謎團的 易晴

親愛的易晴：

看著你的心畫和文字，我彷彿也跟著你走了一趟奇幻的探索之旅。別擔心這些自我探問的問號越來越多，因爲它們是一塊塊珍貴的小寶石，帶領你走進屬於你的遼闊森林。

你問我，這幅心畫是要帶你開始進入親密關係的主題嗎？有這個可能性，但是也可能依然和這趟心旅行出發時的主題——對立兩極的相遇有關。比如榮格所說的，你的「自我」和你的「阿尼姆斯」——你心靈中的男性潛質，兩者的相遇與整合。無論是何者，我們不急，只需要前行，看看開展的會是什麼風景。

這樣的未知感，不也正是旅行中最美的部份嗎？

我更好奇的是關於「她是一個沒有雙手的女人」這件事。這讓我聯想起之前你選的那個「缺手的兔子」，也讓我想起一個格林童話〈無手的少女〉。

從榮格心理分析的角度來看，〈無手的少女〉這個童話，正是一個女人行旅一生、不斷更新自我的一段漫長心靈旅程。從一開始，在昏沉中做出錯誤的交易，放棄了自己最可貴的珍寶，去換取看似安穩實則脆弱的東西，從此開啓了一段夢遊般的生命——看似醒著，其實是睡著的。

或者故事裡女孩「意外失去雙手」這件事，也隱喻著**「創傷是爲了覺醒，這樣才能走出蒙昧的舒適圈，潛入心靈蛻變之旅，讓內在的陰性本質與陽性本質合一」**——這是不是非常巧合的呼應著你由「衝突兩極」開始啓程，無意卻開始探看「暗影」的這趟心旅行？

有空的時候，不妨去找找看〈無手的少女〉，我想，她應該和你有所連結，也很可能帶給你很多啓發。

再過兩天我和永浩就要回台灣了，也許下週我們可以安排碰面的時間一起探索。期待和你一起繼續行旅解謎。

愛你的　蘇青

2 啊！愛與傷

那時候，你真的太小了……

週末午後，大大的落地窗微微開啓，徐風飄進，淺綠色的窗簾輕舞。陽光從窗戶透進來，灑在光亮耀眼的木地板上，地板上鋪著一張用碎布拼綴成的小地毯。易晴面前放著一張畫，畫中那個與男子面對面站著，身穿花苞紅裙的女人依然缺少了雙手。

「這兩天，我一直在想一件事，爲什麼畫到這個成熟女人的胸線時，突然會有一陣悲傷的感覺從心裡湧上來，然後不知道爲什麼，眼淚就了掉下來……」

「有任何畫面浮現出來嗎？或者想到任何可能的原因嗎？」蘇青溫柔地問。

易晴不自覺眉頭微皺，苦苦思索著。「沒有，我找不到任何線索，也想不起有什麼相關的記憶！」

「一個女人的胸部，通常是母親餵養嬰孩的源頭，不知道這個意象對你有什麼連結嗎？」蘇青說。

一個完全茫然的神情浮現在易晴臉上，她困惑也誠實地說：「我不知道……」可是就在最後一個尾音裡，蘇青注意到易晴微微顫抖，眼眶紅了，淚水逐漸盈滿，然後落下。

接著，只見她雙眼緊閉，眉頭緊蹙，放在膝頭的雙手也緊握成拳頭狀，整個人就像是陷入一股內在的強大風暴之中。

蘇青看著這個突然的變化，安靜沉默地陪伴著。

淚水從易晴緊閉的雙眼中流下，她不自覺的用左手輕輕捻著垂落在左胸前的一撮頭髮，彷彿由潛意識帶動一般，來回揉搓著……

時間一秒一秒的慢慢流過。蘇青不急，只是陪伴，看著仍然閉著雙眼的易晴調整呼吸，慢慢鬆開拳頭緊握的雙手，最後緩緩睜開眼睛。

一睜開眼，眼前的蘇青安定坐著，眼神裡透著溫柔和關切。

「剛剛我突然感覺到身體裡好像有一股黑色的浪潮，一波又一波黑色的大浪不停的打上來！我只能緊閉雙眼，等待著這波黑色浪潮退去……我眞的不知道我怎麼了。」

「你不知道爲什麼，可是你的眼淚已經流出來了……心裡有浮現什麼樣的畫面嗎？」

「好像是……一個很小的我被媽媽抱在懷裡餵奶……」

「是啊……那時候，你眞的太小了……」

這句話，像是一個通關密碼似的，瞬間打開易晴的心牢！

眼淚再度落下，易晴哽咽地說：「是啊，我眞的還太小了……」語音才落，一個畫面突然從她心底深處浮上來。

易晴再度緊閉上了雙眼，雙手緊握著。「我看見，那是一歲多的我，被放在一個長方形的圍欄小床裡，我扶著木欄杆站著大哭，可是媽媽不來！她說，『你不可以任性！』她說，『你要懂事！』她說，『你要體諒我！』……」易晴的呼吸變得急促，胸口劇烈起伏。

「可是……我眞的需要她呀！我是眞的需要！我不是任性，我是『眞的眞的』需要她啊！」原本的哽咽轉成海量的淚水，甚至成哀號與痛哭，彷彿不知道究竟深壓多少年的委屈和抑制，都在這一瞬間爆發開來。

蘇青也不禁紅了眼眶，她安靜地陪伴易晴在經過如密密螺旋般往下行旅的漫長歷程之後，終於碰觸到自己潛壓在生命最底層的痛苦、受傷和委屈……

她想起之前好幾次一起探索心畫時，她都試著對易晴提出這樣的探問：「所以你感到生氣？是對爸爸媽媽生氣嗎？」每一次，易晴的回答總是既迅速又斬釘截鐵：「對我爸媽生氣？當然沒有啊！他們對我們幾個小孩付出超多的！如果我爸媽擁有的是一百分，他們付出的是一百二十分！我怎麼可能對他們生氣？」

每一次蘇青聽見這答案時，就放緩行旅的速度，不再企圖往前推進，只是接受並陪伴著易晴的否認和澄清。

她安然地給出一個涵容的靜默和允許的空間，因爲這麼多年來，她深刻知道，最讓我們痛苦的，往往不是純粹只有傷害的關係，而是當「愛」與「傷害」夾雜時，往往讓我們更困惑，更不知道該怎麼辦。

尤其，如果那份愛裡還同時帶著巨大的犧牲與付出，我們將更難承認傷害的存在。於是我們只能遺棄那個眞實感受到痛苦的自己，否認地說：「怎麼可能有憤怒？不可能有憤怒！」——就像是殺死自己的一部分一樣，然後努力活下去。

她知道，易晴看見的畫面未必已是全貌，但至少那個傷已經被允許浮現。

她知道，這朵花得經歷更長的時間才能綻放。

而這一刻，易晴的眼淚與哀號，正是一種「甦醒與新生」的珍貴歷程——她開始與那個一歲多的受傷自己連結，看見自己的傷、承認這份傷，開始哀泣自己的疼痛與委屈。

在這同時，她也開始爲自己療傷，走上完整自我的路。

☆　☆　☆

易晴漸漸地平息下來，她一邊抽抽搭搭地試著穩住自己，一邊用濃重的鼻音說：「我覺得，每一個小孩的長大眞的都好辛苦！大人眞的很殘忍！他們決定一切！」

「你體會到那個一、兩歲時小小的易晴的心情了？」

「嗯，」淚水再度盈滿易晴的眼眶，但這次也伴隨著一些力量。

「我覺得很生氣！我氣媽媽！我氣妹妹！我也生氣自己必須要依靠別人！我再也不要依靠別人！我討厭這種要依賴別人的感覺！我哭、我求、我眞心表達，都沒有用！最後只有痛苦、失望、傷心陪伴我……」

「所以，你從那時候開始就決定不要依賴別人？你從那時候就開始練習獨立和堅強？你從那個時候開始就知道，靠近人是危險而且痛苦的？」

蘇青的探問，像是墨色夜空中的一顆星子，閃呀閃的，迴盪在易晴的心中……

3 姊妹情結

堆積在心底深處，始終不敢表達的嫉妒和憤怒，

逐漸在我們的身心裡，累積成為無形卻影響深遠的毒素。

哭泣過後，易晴沉浸在一種釋放後的放鬆和緩慢裡。接過蘇青遞過來的一杯洋甘菊花茶，「我突然想起來，很多女生都有一個開咖啡館的夢，但是我一直都不想，因為我很討厭『坐在那裡等待別人上門』的感覺！我寧可當那個可以去不同咖啡館的人。現在我才懂，那是因為我很小就已經懂得：等待別人，意味著需要別人，意味著被決定，更意味著巨大的失望和痛苦。」

像是要緩和心裡浮起的情緒，易晴輕啜了一口茶，感覺到洋甘菊的香氣滲進了身體的每一個細胞。她輕嘆了口氣：「其實現在想想，在心底，我很可能是討厭妹妹的！我討厭她只小我一歲！我討厭她為什麼這麼快就來到這個世界？我討厭她的體弱和容易生病！因為，這些都讓她把媽媽搶走。

「可是爸爸媽媽不允許我討厭她，也不允許我對她生氣！因為我是姊姊，我『必須』愛我的妹妹！因為我是姊姊，我『必須』懂事！因為我是姊姊，我『必須』照顧妹妹、愛妹妹！沒錯，我愛妹妹，但是我就是有時候會很氣她、很嫉妒她啊！」

「你不但不能表達生氣，甚至，還必須表現出對妹妹的愛和照顧，這對一個孩子來說，會是內心多大的扭曲？」

蘇青就是有這個本事，輕輕一句話就讓人感覺到貼進了心底。那份理解和接納像是一陣春風，溫柔輕拂而過，瞬間就讓易晴被委屈和憤怒充滿的心平緩了許多。

「媽媽對你的期待，其實是一種心理學上稱之爲『角色與功能的矛盾』，如果父母要一**個不到兩歲的孩子懂事體貼不哭鬧、不要求被抱被疼愛，要表現得像大人一樣，就等於讓孩子承受一種極其艱難的期待，因爲這個期待讓他沒辦法做眞實的自己。**

「另一方面，在我們的文化裡，很多父母總是說：『好小孩不會討厭兄弟姊妹』，所以當我們對自己的兄弟姊妹生氣的時候，會不知道該如何是好。於是我們嚥下對手足的嫉妒、羨慕和生氣。我們被迫把心裡眞實的怒氣藏起來，最後其他很多被我們視爲垃圾的各種情緒也都一起被掩蓋。

「於是我們開始用『**合宜，卻不眞實**』的方式來呈現自己，也用這樣的方式和人互動。我們以爲這會創造和諧又幸福的人生，但是眞相卻是最初把你帶到這裡的原因——無論是面對自己或他人，**我們用一種『表象看來親和溫暖，其實心底疏離冰冷』**的方式活著。而那些堆積在心底深處，始終不敢表達的嫉妒和憤怒，也會在我們的身心累積成爲毒素。」

「你是說，即使長大了，這些毒素也還會留在身心裡嗎？」

「是啊。上次有個擔任中階主管的女孩，因爲公司組織調整而引發情緒劇烈起伏。經過幾次深談之後，我們才一起發現其中一個重要根源，和她從來沒有意識到的姊妹情結有關。」

「眞的嗎？可是，你們是怎麼發現這兩者的關連呢？」

蘇青微微一笑，「她對一個空降進來的女同事的情緒極爲強烈，她說：『她來了以後，我就不是唯一的了』『她把一切都搶走了！』『我被分散注意力了』……這些特別的語句，讓我開始和她一起探索原生家庭的脈絡。

「原來她排行老二，上面有一個哥哥，下面有一個差她五歲的妹妹。這意味著，雖然父母重男輕女，但五歲之前她是家中的老么也是唯一的女孩，可是當妹妹出生之後，她感覺被剝奪了注意力，感覺到不安、失落和傷心……就像你一樣，這些痛苦沒有被看見、接納、疏導，在父母的『姊妹應該情深』的教導，以及對妹妹的確也同時存在著愛的童年裡，它們如同一座隱藏的『毒素火藥庫』不斷累積壓抑。現在職場出現的空降女同事，原本不過是一個引線和一個鞭炮的火藥量，卻引爆了積累多年，未知未識的巨大火藥庫！爆發力近乎核彈，既讓她驚訝困惑，也讓她的身心和生活一片混亂。」

「天啊！這個無形卻長遠的影響，實在是太嚇人了！但是……」易晴的語氣顯得遲疑，「我和這女孩所經歷的，也可以稱作『傷』嗎？只是媽媽沒有抱我，只是因爲她有了妹妹……會不會是我們太脆弱、太敏感了？」

「孩子，要始終記得，任何人的傷，都不需要透過和他人的比較才能成立。此外，我們都不知道當時確實發生了些什麼事，我們只看見，那是當時的你所承受不了的，我們只知道，現在它阻礙了你們值得渴望的幸福。這，就值得我們好好的爲自己療癒它。」

易晴抬起頭望向蘇青，相視一笑。

那一笑，是同行一段長時間的旅伴之間所擁有的理解與默契。雖然這是一條得靠自己走的旅程，但蘇青始終站在一個關心陪伴、卻無意過度支持照顧的位置上。這種適切的距離，讓易晴感到全新的關係感——既獨立又彼此連結。

當易晴意識到這關係裡的美好距離，她發現自己的身體放鬆了，她深深吸了一口氣，又緩緩吐出來，久違的安穩寧靜在胸口慢慢盪漾開來……

4 位移的傷

我們這些小大人，儘管一方面功能卓越的活著，

另一方面卻也荒蕪孤寂的死著。

「這兩天，我一直在想你說的『小大人』，不知道爲什麼，這個詞讓我感覺既陌生又有一種莫名的傷感。」蜷縮在沙發裡，易晴低頭攪拌著手中剛加入蜂蜜的花茶，再度下意識地隱藏自己低落的心情。

察覺到這份懂事的慣性反應以及背後藏著的情緒，蘇青說：「孩子，你真的辛苦了。這些年來，無論是我自己，或者是陪伴許多來訪者一起心旅行的歷程裡，我常常看見一種在童年時『心理位移的傷』。」

「心理位移？」

看著易晴滿臉困惑的表情，蘇青笑著說：「來吧，我畫給你看。」

蘇青隨手拿起桌上的筆，在一張白紙上畫出一個大圓，旁邊是一個很小的小圓，再遠一些是大一點的小圓。

蘇青指著最遠的這個小圓，「這個小圓，沒法靠近大圓，因爲有一個小小圓更需要大圓媽媽的照顧，所以，如果小圓眞的很想靠近媽媽——因爲她其實也還是很小的孩子——她該怎麼辦？」

「嗯……」易晴誠實地說：「我不知道。」

蘇青沒開口，拿起筆在最遠處的小圓上打了一個叉，然後在大圓裡畫了一個依偎在邊緣線上的小圓。「如果這是你，你離開自己原本的小孩位置，位移到媽媽的位置，甚至更精準地說，和媽媽完全連體在一起！透過這樣的心理『移位』和『合體』，你感覺到是什麼呢？」

望著白紙上「大圓裡緊緊依偎著一個小圓」的圖像，易晴感到自己的內心鬆軟了、愉悅了，呼吸變得深長，嘴角也不自覺上揚。

「我擁有媽媽！對！我終於擁有媽媽了！我不但靠近她，我還擁有她了！」滿足開心的語氣在這句話裡滿滿洋溢著。

「是的，透過這個位移，**妹妹再也搶不走媽媽了。但是從此，你也棄絕了那個幼小需要抱抱的自己。**」

看著易晴驚訝的雙眼，蘇青溫柔的聲音再度響起：「還記得最初你找到的那個『體貼的綿羊』嗎？**你離開小孩的位置，用那個『體貼綿羊』的角色和媽媽合成一體——成為一個懂事、體貼、付出的『小大人』，然後把那個小小的、憤怒的、傷心的自己，孤單地遺忘在凍結的時間黑洞裡了……**」

「所以那也是我選擇了『綿羊我』的重要時刻？」易晴目瞪口呆。

點了點頭，蘇青嘆了一口氣，「而且這還不是終點，更重要的是**位移的後座力**。」

「後座力？」

「**這不只是當下的選擇而已**，要知道，幼兒有很長的一段時間會以為母親和他就等於『我』，也就是一種共生關係。大約兩歲到四歲時，孩子完全依賴母親的時期逐漸過去，他第一次說出『我』的時候，表示他知道自己與母親是不同的兩個人。他開始踏進這個世界，和世界互動，四處探險征服，嘗試用自己的意志做出反抗。

「你看到的那個『一、兩歲的傷』，顯示出那時你學習到的是：我和媽媽，兩者只能是二選一，而且是必須捨掉『自己』，移位到『他人』才活得下去。這意味著『人我距離』完全消失！『自己』與『他人』的兩極對立開始形成，一直跟隨你長大，成爲內心的巨大糾結與拉扯。

「所以我會說，離開自己的位移，它不是當下的一發子彈而已，而是一顆炸彈，有強烈的後座力，甚至可說是一顆原子彈，影響著『我』的這片土地，就像輻射污染一樣，最後這片土地只能廢棄！」輕輕嘆了一口氣，蘇青接著說：「於是，這些小大人們，儘管一方面功能卓越地活著，內在的某個自己卻也荒蕪死寂地死著。這就是我們內在眞實的衝突實相，也是我們不被自己知道的痛苦。」

蘇青的話語，一句句深深地打進易晴的心底。

低著頭，易晴飲泣的聲音隔著她輕摀住嘴的手掌輕輕傳出來，透過她披落的髮間，一顆一顆眼淚滴落在她膝頭的墨藍色衣裙上。大黃狗Bobo搖搖晃晃的走過去，把頭輕輕擱在易晴膝頭上。儘管低頭啜泣，易晴仍然本能伸出另一隻手，照顧著靠過來的Bobo，從牠的頭頂到毛茸茸的脊背，溫柔的來回安撫觸摸。

隨著一遍又一遍的溫柔撫摸，易晴心底那個被遺棄的傷心小女孩，彷彿也被溫柔地輕撫照顧了。蘇青看著她的啜泣逐漸平息，吸氣吐氣漸深漸緩，在胸間形成明顯而悠緩的美麗曲線。

再抬起頭，易晴的眼瞳既黑且亮，彷彿大雨之後的天空，仍見水痕，但也同時透著一種洗去塵埃後的清新。

5 不敢依賴的痛

我需要別人，但我無法依靠他們。

「我有一個好奇！」今天才一坐下，易晴就先拋出了自己的疑問。

「是嗎？太好了，說說看？」蘇青一貫安然欣賞的回應。

「如果我從小就習慣位移到別人的位置上，那我應該很習慣跟別人靠近不是嗎？爲什麼志遠和怡君他們會覺得我很遙遠呢？」

端起桌上的骨瓷藍色唐草紅茶杯，微微笑了一下，蘇青抿了一口最愛的英國Fortnum & Mason蘋果紅茶，不疾不徐地說：「如果我們在童年期間無法向主要照顧者表達需求，某個程度來說，就等於提早失去了童年。有些孩子甚至心裡不自覺地爲了自己不夠好、不夠體諒、不夠獨立、會嫉妒……而自我批判，所以儘管他們很可能一直努力藉著出色的成績、表現來討好別人，可是其實從來都沒辦法感覺到或者眞正相信自己是優秀美好的。

「深怕『自己永遠不夠好』的信念和焦慮，成爲這些小大人們成長時的內心持續驅動力。也就是說，你們一直帶著『我不夠好』，『我一定要是好的，才會被愛、才會安全』這樣自我認知和強烈的不安全感，一路往前成長。

「我們常常忽略一件事：如果一個人內在的不安和焦慮很高，又習慣時時自我檢視有沒有做好，這將讓別人感覺到和他之間是缺乏連結且疏離的。」

「爲什麼？這不是只是我們和自己之間的關係嗎？並沒有牽涉到別人啊！甚至，我一直很努力和怡君、志遠他們靠近啊！爲什麼別人會覺得我疏離？」易晴依舊困惑的問。

「哈哈，就是因爲你們的『努力』，讓你們即使跟別人在一起也是『人在心不在』的啊！」蘇青進一步解釋：「你知道嗎？太早就曉得不能去做父母不喜歡的事的小孩，很容易不自覺地被導向完美主義，於是全部的心思都不自覺地罩在『害怕哪裡沒做好』的自我檢視和焦慮裡！就像一個隨時都上戰場的戰士一樣，無論是跟自己在一起，或者是跟別人在一起，你們都很難放鬆下來。你們無法就是只是處於『當下』、享受『當下』，這就是一種『不在』的狀態。

「除此之外，有些小大人會產生『我是孤單的，我只能靠我自己』的信念，他們在生命早期的某個時刻暗自下定決心：我再也不要有任何感覺，避免自己感受到情感連結的渴望以及缺失的痛苦。可是離開情緒腦，鍛鍊理性腦的模式，也讓這些小大人長大之後變成和情緒、情感斷鏈的超理智機器人，而這往往讓身邊的重要他人感覺到無法和他有眞正的親密連結。」

「天啊！這也好像志遠耶，我覺得他就是這樣的人，以前我還以爲是他不想和我太親近，現在想想，他是家裡的長子，所以他也是跟我一樣是小大人嗎？」易晴好驚訝，同時也彷彿多了解了志遠一些，甚至多了一種身爲同類的哀憫與連結。

「而且，可能還有另一個更深的傷害，」蘇青語氣轉爲沉重，語重心長地說：「那是內心不自覺的『羞恥感』。基本上，**童年原本就是人生中一段非得仰賴他人不可的時期，如果依賴他人的需求被拒絕，就意味著這個孩子不斷地被迫爲自己的需求感到羞恥，而且不斷受挫。**

「以你在心畫中回溯到那個一、兩歲的傷爲例，當依賴的需求得不到回應，甚至逼得你鬧情緒發脾氣了，但這憤怒仍然無法被父母接受，結果就是這孩子內在世界的分裂。

「因爲我們會把對父母忽視我們的憤怒，轉過頭來壓抑自己對他人的需求，長大後，我們會不自覺的在心裡對『想要依賴他人的自己』發動攻擊。」

「**你是說攻擊自己嗎？**」易晴再度一臉詫異。

「是，原本是幫助我們適應外境生存下來的內心保護系統，開始轉爲心理學家所說的『內心原魔系統』——就像在心裡有個魔鬼一直跟你說：『依賴是不應該的，依賴是可恥的，依賴是痛苦的』，他不斷把這種暴露自己脆弱的依賴，視爲一種必須敲響的『內在即將再度受創的危險訊號！』

「這種內在的矛盾、掙扎、衝突，就是小大人的內心圖像，因此要這些小大人去依賴一個眞實的人往往是不可能發生的。於是我們一方面在內在世界以自責自貶等方式攻擊自己，另一方面也讓自己遠離心中渴望的關係！所以獨立和依賴，也很可能是你心中的另一組對立的兩極性格。『我需要別人，但我無法依靠他們』，這就是你們內心裡的傷痕。」蘇青的微笑裡有理解也有心疼。

「不過，我說過，我們的確會被過往的生命經驗影響，但我們並不會被注定，我也一再地分享這個信念：看見就是力量！現在，你看見了這些隱形的圖像、隱形的鐵鍊之後……」

像是故意留下一段空白，蘇青停下來喝了一口茶。

再抬起雙眼，她沉靜而溫柔的對沉默的易晴提出一個重要的探問。

「更重要的是，你要爲自己創造怎麼樣的未來呢？」

6

愛的方程式

受傷軟弱的我，是不會被人要的！

綿長的海岸線，平靜的海面，海浪有著自己的節奏撲打著沙灘。小蝴蝶和大黃狗Bobo興奮地和海浪玩著你追我趕的遊戲，志遠和永浩陪在一旁笑看著。幾隻海鳥飛舞而過，易晴和蘇青在沙灘邊並肩坐著。

「我今天看著你一直忙來忙去，一下拿外套給小蝴蝶和志遠穿，一下幫小蝴蝶擦蚊蟲藥，一下給我和永浩補充維他命，還準備了這麼多這麼周全的東西……」蘇青睜大雙眼，用驚嘆的表情環顧著身旁好幾個大包小包，裡面有各式食物、零食、水果、濕紙巾、毛巾、醫藥包、備用衣服……

「哈，沒有啦！我只是習慣事先把東西都帶好，有時候出門總是臨時會有什麼需要。」易晴不好意思的笑著解釋。

蘇青回給易晴一個溫暖的笑容，「我只是在想，跟你在一起真的很幸福，你實在太會照顧人了！」停頓了一下，「不過，這也讓我想起之前我們有過一段對話，當時我問你，如果沒有貢獻，兔子就不能加入團隊嗎？」

「嗯嗯，我記得！那時我好像是說，兔子受傷了，她這麼軟弱，沒辦法付出，沒辦法貢獻，她不可以跟隨團隊一起闖森林……」

蘇青的眼神沉靜了下來，望著易晴，「今天我看著你體貼地照顧每一個人，也想到當初那個位移到媽媽身邊，當媽媽的『貼心小幫手』的小女孩，我好像看到，那似乎讓你不自覺地在心底建立了一個屬於你的『愛的方程式』。」

「屬於我的愛的方程式？那是什麼？」易晴好奇問道。

「我寫給你看！」蘇青從隨身的小包中拿出紙筆，寫了起來。易晴在旁念出蘇請寫下的字：

體貼＋能力＝愛＋安全

「你是說……我做這麼多是因為……」易晴不自覺眉頭輕皺，沉吟思索著……

「啊！」像是突然懂了什麼似的驚呼了一聲，「天啊！我懂了，為什麼我一直這麼努力進修上課？為什麼我再累也要當志工媽媽？為什麼我一直這麼體貼別人？以前，我總以為是因為我很享受學習，因為我的個性就是喜歡照顧別人，可是剛剛我好像才體會到……」

蘇青接住易晴望過來的眼神，在這個眼神交會的理解和支持裡，易晴放慢了語速，「原來，這些是因為我在很小的時候就認為，受傷軟弱的我，是不會被人要的！我必須要有貢獻才能存在！」

海浪一聲聲輕輕的拍打在沙灘上，又輕輕退了下去，留下細緻的白色泡沫。

「童年的很多經驗，會在無意識中成爲我們深藏在心底的信念。」蘇青伸手指向前方那片廣闊深沉的大海，「它們就像深潛在大海最底層不斷湧動的黑潮一樣，讓海面不斷掀起波浪，始終無法停歇。『體貼』和『能力』，是你從小護住自己的生存方式，它們是你在這個危險世界裡的避難小屋。」

「等等，我突然想起有一次跟艾莉的小旅行，我們聊了一整夜。艾莉最後問我說，那個『綿羊易晴』擁有的體貼能力，簡直到了一種『神功』的境界！到底你是怎麼練起來的啊？當時我完全不知道怎麼回答，可是現在……」

「現在你看見了，打從一、兩歲開始，你就不自覺地鍛鍊這個超級神功，好讓自己能夠得到安全和愛？」

易晴深深的嘆了口氣，眼光落向不遠處的沙灘上，一隻小螃蟹趁著推上來的浪花努力地往岸上爬，但當浪花退下的時候，牠又被拉回了原位。

低下頭，易晴忍不住說：「我覺得好累……」

7 綿羊的傷與痛

只要再後退一小步，就只能墜下斷崖粉身碎骨。

這一天，在蘇青的工作室裡，對話繼續著。

「心旅行走到現在，坦白說，我很訝異！從小，我一直以為我跟爸爸比較近、感情比較好，沒想到，我跟媽媽竟然連結得這麼深！」

「你完全沒有想到，媽媽其實才是你心中最不捨的人？你完全沒有想到，和媽媽之間曾經有過的那些無論你記得或者不記得的互動和情感，竟然才是你生命最深也最待解開的核心議題？」

蘇青的話，讓易晴彷彿心裡的一口鐘被強力撞動著，深沉的低頻不斷地在幽深的心井裡迴盪。

「你可以試著回想看看，有哪些散落在生命裡關於媽媽的點滴印象嗎？」蘇青邀請、鼓勵著易晴，回溯與媽媽的過往故事。

「我記得，我的媽媽是一個嬌小的女人，她的性格很溫柔善良，還有點害羞。爸爸平常很威嚴，又很幽默開朗，但有時候急躁起來會突然發脾氣，變成一個讓我覺得既陌生又害怕的爸爸。可是很奇妙的是，每次看起來很柔弱的媽媽，總是能夠用一種善解人意的神力，去了解爸爸究竟怎麼了，然後再用她溫柔的魔力安撫他。很快的，爸爸就會重新回復到我熟悉的那個溫暖的爸爸，而且不再急躁生氣的他，也會很快地用溫柔幽默的討好來回應媽媽。」

「聽起來，嬌小柔弱得像綿羊的媽媽，卻總是能夠讓像一隻發怒獅子般的爸爸很快就收起咆嘯聲和怒張的獅毛？」蘇青精準又逗趣的形容，讓易晴一邊拚命點頭，一邊笑了出來。

「透過你的描述語句和用詞，我聽見，你非常珍惜並感謝這樣的一個綿羊媽媽，也高度認同『綿羊女人』的特質。這個隱形的內在脈絡，是如何影響你活出怎樣的自己？如何影響你在關係裡用什麼方式和他人互動呢？」

「高度認同……」易晴重複著蘇青的這個詞語……「天啊！原來我一直不自覺地學習、甚至複製著媽媽這樣『綿羊女人』的溫柔與付出。我用這樣的方式說愛，也期待用這樣的方式得到愛，或者說，我『相信』用這樣的方式可以得到愛。」

「所以，你的『體貼的綿羊』**不是無意義隨機出現的意象，她是你從小看著、仰望著、不自覺模仿著的女人角色原型。**」

「她是我的媽媽，然後，她也變成了我！」對於這個發現，易晴理不清楚自己到底是感到輕鬆還是感到沉重。

蘇青感受到了她複雜的心緒，提出了一個邀請，「來吧，天氣正好，我們出去走走。」

☆ ☆ ☆

傍晚時分，陽光的熱度逐漸散去，漫步在公園的步道，眼前一隻松鼠媽媽帶著小松鼠跑過草地，很快的竄上一棵搖曳的樟樹。

「你的綿羊媽媽用這樣的方式付出，也眞的得到來自先生的回應與疼愛，於是形塑了你對綿羊女人的認同。當然也有另一種完全相反的狀況，這樣的孩子長大之後，往往會厭惡自己作爲一個綿羊女人。可是如果沒有經過一個解開隱形鐵鍊的歷程，那個心理層面的脫離也未必能夠做到，這就是家庭對我們的影響。

「在這些年陪伴的歷程中，我深深體會到，無論關係是親近或者是疏離，母女議題，都是許多女人在整理生命歷程時必然會浮現的重要軸線。我記得，你的『體貼綿羊』說過一句話，她說，其實剃毛的過程她也是會痛的！我好奇的是，如果你開始用現在長大以後更高廣的視點來看，身爲綿羊，眞的只有幸福和美好嗎？總是習慣給予與付出的她，沒有說出口的疼痛和傷心是什麼呢？」

跟著蘇青的步伐，在公園小歇亭裡坐下來，易晴看著前方的池塘裡波光搖曳，幾隻野鴨在碧綠色的水面上優雅自在的游著，她的思緒也在記憶裡遊走。

「我一直記得一件事，小學五年級的時候學校老師選我加入合唱團，要我回家問爸爸媽媽是不是可以參加。當時我好開心，好想參加。那天晚上，我忍著、觀察著、等待著，好不容易等到媽媽做完晚餐、洗好碗、忙完家事，哥哥妹妹都在房間寫功課的空檔，我輕輕溜近媽媽身邊，開口跟媽媽說，『媽媽，今天老師跟我說要選我進合唱團。』」

「可是，你知道接下來發生什麼事了嗎？」

「你媽媽稱讚你了？」蘇青說。

易晴搖搖頭。

「她拒絕了？」蘇青問。

「也不是。」易晴嘆了一口氣。

「其實，我根本就沒有等她回答，就在我說完的下一秒，還沒有等媽媽開口，我立刻說，『但是我還是不要參加比較好對不對？因爲我還是要以功課爲重，對嗎？』

「後面的事情其實我沒記那麼清楚了，應該是媽媽很欣慰地摸了摸我的頭，然後說：『我們先努力把書讀好，好嗎？』我應該是繼續很乖很懂事的一邊低頭用力點著頭，一邊忍著心裡濃濃的失望和就要掉下來的眼淚，然後乖乖地回房間念書。

「嗯，好奇妙，現在當我跟你說起當時『小心翼翼』、『察言觀色』的自己，還有一種巨大的緊繃和壓力讓我幾乎呼吸不過來。」易晴低下頭，描述自己當下眞實的感受，也想藏起眼眶中微微泛起的淚水。

「那麼小的你，幾乎是把百分百的注意力和觀察力放在媽媽身上。現在當你看見這樣的自己，會有些什麼的想法或心情嗎？」

「我會為那個十一歲小女孩的體貼和委屈感到心疼，而且……」易晴抬起頭，「我突然發現，對於才小學五年級的我來說，說出心中的渴望，怎麼已經是那麼困難的一件事啊！」

「那是因為……？」

「因為……因為我知道，我『應該』要體貼媽媽，我『應該』不要讓媽媽困擾為難；因為我知道，媽媽為我們付出了一切；我知道，我『應該』要乖、要懂事、要努力念書。」

「身為一隻『體貼的綿羊』，你知道所有關於媽媽的狀態、心情、期待，所以你『竭盡所能』的壓抑自己心底真實的聲音。你能夠說出口的，只有那些極其少數實在是你心底最最深切、壓不住的渴望。因為只有它們，才可能強大到穿透你設下層層封鎖的『禁止密網』，從你的口中說出來，讓媽媽聽見。

「於是，當這些在你心中經歷千回百折，經歷一次又一次壓抑才能說出口的心聲，萬一被拒絕的時候，你感受到的是極其深沉黑暗的痛苦、傷心和失望？」

像是心底深處的感受被說出來了，易晴不自覺深深吸了一口氣，再緩緩的吐了出來，「我想起來了，高中的時候，媽媽常常跟我說的一句話是：『為什麼每次說你一句，你就不行了？』當時我也不懂，我還以爲是因爲我太敏感、太脆弱……或者現在，只要志遠或我的老闆說：『你可以多體諒我一點嗎？』我內心就會像炸掉一樣的生氣和傷心！」

「那是因爲在內心裡，你一直都把自己往死路裡逼？因爲你一直都是用盡全力的討好他人、壓抑自己，讓自己退到再也退無可退的懸崖邊上，只要再後退一小小步眞的就只能墜下斷崖，粉身碎骨？」

眼淚開始在易晴的眼眶裡凝聚成一片雲霧。

「但是，這一切別人都不知道。因爲你一直說不出口，別人只看見你的溫和、愉悅、雲淡風輕，他們完全不知道你的內心其實快要撐不住了。所以當他們困惑地問：『有這麼嚴重嗎？』這個『困惑的質疑』就算如同輕輕的一指，卻足以成爲最後將你推落懸崖的力道。」

蘇青輕輕的把一包面紙放在易晴的手上，「如果你在關係裡感受到的是這樣的辛苦、爲難、失望和傷心，無論表面看起來是如何的溫暖、舒服、和諧，你覺得，在內心的深處，你會選擇靠近它？還是離開它呢？」

旁邊一個調皮的小男孩拾起石塊丟進了池塘，「咚！」的一聲，沉進了水底。

蘇青的探問彷彿也是那個石塊，掉進了易晴的心底。

那「咚！」的一聲和隨之漾起的一圈圈波紋，在易晴的心底不斷的迴盪擴散著……

8 交出聲音的美人魚

我覺得好傷心，從此，她就不能說話了！

親愛的蘇青：

昨晚我做了一個夢，夢裡我在一個純白色的圖書館裡，有落地的大片玻璃窗，窗外是一大片湛藍的大海。我在圖書館中穿梭著，突然發現有一個往下的迴旋樓梯，我好奇地往下走，地下樓層的光線明顯暗了很多，但是仍然有昏黃的燈光隱隱照耀著。

就著昏黃的光線，我好奇地看著一排排書架上的書籍，但全是我沒看過的奇怪文字。我一邊納悶一邊往前走，突然腳踢到了一個東西。我低頭把它撿起來，居然是一本童話故事〈美人魚〉！

我心裡很疑惑，為什麼〈美人魚〉在地下室呢？童書區明明就在樓上啊！正當我這樣想，就突然醒來了。

親愛的蘇青，我很好奇，這個夢有什麼特別的意義嗎？

既困惑也好奇的　易晴

親愛的易晴：

你對〈美人魚〉這個故事有些什麼樣的記憶呢？什麼讓你印象最深呢？

同樣好奇的 蘇青

親愛的蘇青：

〈美人魚〉是我小時候最喜歡的一個童話故事，我也不知道爲什麼，可能是因爲從小我就很喜歡游泳吧！可以在大海裡，甚至深海裡游泳（而且還不用換氣）實在是太讓人羨慕了！

印象最深刻的部份嗎？好像有兩個，一個是她把漂亮的魚尾巴換成人類的雙腳走上陸地的時候，我心想：「啊！她的腳好痛呀！」；另一個是她用聲音跟壞巫婆交換雙腳的時候，我覺得好傷心，因爲從此她就不能說話了！

親愛的易晴：

你在夢中撿起了〈美人魚〉這本書，也許正呼應著你在心旅行中，認出了那個曾經被自己噤聲的自己。

在這段旅行裡，隨著越來越深的探看，包括夢，或其他共時性的事件都會在生活裡出現。別擔心，那是內心的力量在幫助我們一起往前行旅。我們只需要留心這些可能的訊息，撿起有所觸動、有用的部分，還不能理解的，就暫且放在一旁，它們會在最適當的時刻對我們展現意義的。

親愛的蘇青：

你說的共時性眞的發生了！

今天一位小學時的死黨約我喝下午茶。我們聊著現在的生活，也談起童年往事。聊著聊著，她語重心長的跟我說，從小她就跟著單親爸爸四處遷居，一向覺得自己跟同年齡的孩子比起來成熟很多。「但是，你是唯一讓我覺得『哇！怎麼會比我還成熟！』的人。」

她說起我們小學五年級時的一次風暴事件。

那天，上課鐘聲剛響，隔壁班的導師氣沖沖衝進來，我很快感覺到氣氛很可怕。身爲班長的我立刻想提醒大家趕快安靜坐好，但表情暴怒的老師已經站在台上，我不敢大聲喊：「大家安靜」，於是一邊用食指貼放在嘴上的動作，一邊發出「噓噓噓」的聲音提醒大家。可是沒想到，這個聲音卻成爲點燃老師情緒炸藥的火苗！

老師歇斯底里瘋狂爆發的撕裂嗓子大吼：「是誰在噓我！給我站起來！」她發瘋似的樣

子和聲音立刻讓全班嚇壞了似地安靜下來。我雖然也嚇到了，但還是乖乖站了起來。還不由得我解釋，老師立刻開始大罵我，羞辱我。從小一向都是模範生的我站在那裡，除了教室裡全班的同學以外，還有窗戶外擠滿了開心來看導師幫他們討公道的學生……

站在那裡的我，除了驚嚇之外，更覺得委屈到了極點。我想跟老師說：「我不是在噓你，我是在幫你啊，我沒有不尊敬你」。可是當我一要開口，已經歇斯底里的老師立刻用更狂烈的辱罵封住我的嘴。

我完全不記得那一段混亂而狂暴的歷程是怎麼畫下句點的，我只記得老師最後氣沖沖的離開教室，**只記得我壓抑著自己心裡所有的感受，努力鎮定自己，假裝一切都沒事……**

我忘記的細節，在同學口中的被拼貼了起來。

「那次眞的是讓我打從心底佩服你！因爲你居然是跟老師說：『**如果我讓老師有這種感覺，我很抱歉，對不起。**』當時我心想，『天啊！你到底是有多成熟，可以說出這樣的話！』」雖然事隔二十幾年，她的語氣和表情裡仍然帶著滿滿的驚嘆和不可思議。

親愛的蘇青，眞正的我完全不是像同學看到的「成熟」，**當時的我其實已經受傷得搖搖欲墜。可是我不知道該怎麼辦，我無法說出我的受傷**。甚至那天回家，我也沒有跟爸媽說這件事，因爲我知道他們一定還是會跟我說「尊師重道」是做人的基本道理，因爲我知道他們還是會跟我說，我們要回來檢討自己。我也知道，我們的代課導師面對資深的老師只是弱勢的一方，柔弱的她沒有能力幫我捍衛什麼……

親愛的易晴：

你隱藏你的受傷，去換一個他人的氣消，去換一個事件的落幕，去換一個整體的和諧。可是你把受傷的自己，埋在深深的暗室裡，甚至，連你自己也不看她一眼……

此刻，看著這樣小學五年級的自己，你是怎樣的心情呢？

親愛的蘇青：

當我看著那個小五的自己，我淚流不止，我覺得心疼……我很希望自己可以不要這麼成熟，我很希望自己可以不要這麼懂事，我很希望自己可以大吼出來說：「老師！你誤會我了！」

現在想想，「老師！你誤會我了！」這句看來這麼簡單的話，卻彷彿像是千斤重的鐵球似的壓住我的喉嚨，讓我完全說不出口。

原來，我也是丟掉自己聲音的美人魚……

親愛的易晴：

其實，我們很多人在長大的過程中，都曾經是被自己噤聲的美人魚。這種失去聲音的疼痛，很多時候它會轉由身體展現。

你的分享，讓我想起了一段記憶。

那是大約小學四、五年級左右，一向身體健康的我開始頻繁的喉嚨痛，每次醫生診斷都是扁條腺發炎。我記得，每次一發炎就會喉嚨劇痛，發燒，後來還因爲實在太頻繁了，爸爸媽媽在耳鼻喉科醫生的建議下，所費不貲地買了一個迷你的家用喉嚨噴霧蒸氣器。

它很精巧，使用起來也有點繁複，要加水、加消炎藥水，還要點燃酒精燈加熱。我會把它放在桌上，張大嘴巴，讓熱熱的蒸氣吹到我的喉嚨深處，在下巴的地方會有一個接水的小杯，讓以蒸氣形式帶進去的消炎藥，碰觸我發炎腫痛的喉嚨深處，然後化成水流淌出來。

從小同樣是「小大人」的我，也曾不自覺地成爲失去聲音的美人魚——當想說的話說不出來，它積壓成劇烈且頻繁的喉嚨發炎與疼痛，痛到讓我完全無法隱藏，沒有辦法說話。而這個疼痛的展現，爲我在弟弟妹妹間爭取到媽媽的關注與專屬照顧。那是我專屬的儀器，也是媽媽專屬給我的愛。

現在回想起來，我彷彿看見，那個「以蒸氣形式進去」，「接觸發炎腫痛的內在」，「化成水流淌出來」的畫面，其實是一種「深深進入身體才能碰觸到的，無法言說的內在需求而衍生的劇烈疼痛」，並且「從蒸氣的無形到水之具體」的，愛的撫慰！

親愛的易晴，是的，我們很多人都是被自己噤聲的美人魚！
我們都需要哀悼那個沒有聲音的小女孩。
讓我們一起療癒她，帶著她一起長大。

愛你的 蘇青

第八章

受傷的獵豹

遭受個人的死亡，
並再度重生，
是不容易的事。

——完形療法創始人皮爾斯（Friedrich Perls）

1

霸凌的冤獄

就像是背了多年罪名的殺人嫌疑犯，多年之後終於得到法官的判決。

他說，人不是你殺的！

「我有一個好奇，」夏日傍晚，山上蟬聲轟隆近似雷鳴，遠遠看著小蝴蝶和爸爸在前方的溪水邊抓小魚，和易晴並坐在溪邊樹蔭下的蘇青開口：「相處這麼久，我好像很少見到你性格裡獵豹那一面？」

「哈哈，可能在小學的時候她出現太多了吧！後來就被我關起來了！」易晴把雙腳放入溪水中，溪水雖然沁涼，但仍感覺到日光的餘溫流過。

「聽起來，那時候你受過傷？有人知道嗎？有人幫你嗎？」

聽見蘇青真誠的關切，易晴原本還不自覺裝著輕鬆沒事的聲調和語速，開始緩了下來。她搖了搖頭，很感慨的說：「你知道嗎？很多人羨慕獵豹的高速奔跑，很多人喜歡當第一名，但是小學整整六年，常常是班上第一名的我，感受到的卻不是快樂，也不是光榮驕傲的滿足，而是孤單和受傷的『心』苦。」

她說起那個小學四年級的記憶。

「那天，上課鈴響後，國語老師抱著一大疊作文簿走進教室，說：『有一個同學這次作文寫的非常好，而且字也寫得非常漂亮整齊……』」

蘇青注意到，易晴不自覺蹙起了眉頭。

「當時我整個人縮起來，覺得很緊張！我在心裡一直祈禱：『拜託拜託，不要說是我！拜託拜託，說李千瑜，她的字寫得很漂亮，作文也很厲害！拜託拜託，千萬不要說出我的名字……』結果，老師說出的還是我的名字。」

她輕輕嘆了一口氣：「我記得，當時的我帶著一種沮喪、無奈又羞愧的心情站起來，慢慢走到講台，從老師手中接回我的作文簿，又慢慢走回我的座位……恨不得立刻縮起來讓自己藏到桌面下，只求不要被看見……」

「這個十歲的小女孩究竟怎麼了？爲什麼她這麼失落、這麼不安？爲什麼被老師稱讚，對她來說反而像懲罰呢？爲什麼她對自己的優秀感到的不是開心光榮，而是羞愧？爲什麼她寧可自己不被看見？」蘇青好奇地問。

「以前我完全沒想過這些，我只知道小學的時候我眞的是太孤單了。我知道，某個程度上我是被排擠的。大家總是會說：『老師都偏心你啦！』『你不用跟我們玩啊，反正你厲害啊，每次都考第一名！』我記得每次老師稱讚我的時候，班上總是一片鴉雀無聲，還有每次要分組的時候，我都焦慮到不知道該怎麼辦，好害怕落單……」

「不過！」易晴話鋒一轉，「很奇妙的，半年多前，我去了畢業二十多年之後的小學同學會，我得到答案了！」蘇青注意到，易晴原本的低落、傷心和痛苦轉成光亮。

「那天大家一直很興奮的聊著，就在聚會近尾聲的時候，有一個女同學A突然有所感的說：『奇怪，易晴其實人很好也很好相處啊！為什麼我們以前會覺得你很驕傲，會不喜歡你？』這時候，另一個女同學B接著說：『對耶，仔細想想，你也沒有做什麼啊！好像就只是因為功課好，每次我們都考不贏你，大家就會說：「哎喲！跩什麼跩啊！功課好就了不起喔？」然後就私下說好不要理你。』

「後來讓我很訝異的是，這些年有了虔誠宗教信仰的A，突然認眞地對我說：『我想，如果套句現在很流行的詞，很可能以前你是被我們霸凌了，眞的是很抱歉……』」

「那時候你聽到的心情是？」

「我心裡一震！但為了現場的氣氛，我很快用輕鬆語氣說：『對呀，你看你們都霸凌我！』然後大家就笑了，整個聚會又轉到其他的話題。」

「我看到你又習慣性的去照顧別人了，」蘇青微笑說著，話裡沒有指責，有的只是理解和些微的心疼。

「之前我們已經看見，對於痛苦、受傷、憤怒……這些負面的情緒，你一直都用遺忘的方式來保護自己、讓自己順利長大。我在想，有沒有可能，這段被霸凌的過往裡有一些很深重的感受，同樣被你沉在記憶深處的某個暗室裡？

「你剛剛說感到心裡『一震！』這個一震，是因爲回憶起了些什麼嗎？你願意靠近自己去感受一下嗎？」

對於蘇青的探問，易晴雖然仍感到困惑，但現在她不再急著逃開了。

她深深吸了一口氣，嘗試跟自己的身體和感受連結。

一些記憶開始流進她的身體和心裡，她的呼吸變得急促了一些。

「我覺得困惑，也覺得痛苦，因爲我不知道到底爲什麼大家要這樣對我？我不知道我到底做錯了什麼？爲什麼大家這麼不喜歡我？」

蘇青看著眼前的易晴，同時看見那十歲小女孩所感受到的無助和痛苦，濃度和重量絲毫未減地穿越時空而來，再次籠罩在她的身上。

「你感覺自己陷入兩難的困境，一方面你努力念書、努力得到好成績，這樣爸媽和老師才會喜歡你愛你；另一方面，這卻同時讓你不被同學喜歡，讓你被排擠孤立，讓你失去一直渴望擁有的友誼？

「十歲的你，沒有能力消化這一些，它淤積在你的心裡，成爲越來越大的紫黑色瘀血。那是你在『膿血狂舞者』（圖3）那幅畫裡出現的那片膿血大地。從此之後你有了『懼高症』——對你來說，高處不僅不勝寒，而且還是受傷、痛苦、讓你想逃離的地獄……」

隨著蘇青的敘說，堵塞在易晴心底深處的什麼，也一點一點隨著這些深度同理的話開始流動出來了。她用力又深長地吐出一口氣，久久說不出話來。當釋放深埋多年的鬱結心緒開始釋放，在騰出後的全新空間裡，另一個記憶浮現。再抬起頭，眼神晶亮的易晴跟蘇青說：

「我想起來了，那天除了心底『一震』之外，當時的我好像也感受到『一鬆』！」

「是嗎？說說看那個『一鬆』指的是……？」

「就是……A的那一句：『很可能，以前你是被我們霸凌的』，好像也讓我突然明白了：啊！其實我是被霸凌的啊！其實不是因為我不好啊！不是因為我哪裡做錯了啊！」

「你的意思是，A無心的一句話，卻成了將你從多年冤獄中救贖出來的力量？你就像是背了多年罪名的殺人嫌疑犯，多年之後終於得到法官判決：『人不是你殺的！』」刻意停頓了一下，蘇青更放緩更溫柔的聲音響起，「而且更重要的是，這個罪名不僅僅是別人控訴你的，也是你在心底不斷審問自己？」

蘇青的話，一字一句敲打在易晴心上，震撼、沉重，但也帶來了一種覺悟。

「啊！所以當我的『精準獵豹』和我初相遇的時候，她會哽咽地對我說：『請不要一直把我關在籠子裡！我不會傷害別人，我是有綿羊心的獵豹』？我好像看到，自己又位移到別人的位置上，認同了別人的觀點和感受，遺忘了自己也丟棄了自己。這樣的我自然沒有力量爲自己反擊，爲自己伸張正義。」

「你和別人一起，將自己定罪。你沒有認出你的『精準獵豹』有多獨特！你把她關進冤獄裡……」

易晴抬起頭，看著幫她說出這句眞相的蘇青，覺得驚訝，又完全無法辯解。

2 兩難？兩全？

心中一直存在著一片廢墟，就這樣慢慢長大……

昨夜睡前，一陣短暫而猛烈的暴雨來襲，巨雷在山谷中迴響，有些落在近處，雷聲轟鳴，彷彿帶著利刃，劈開了緊繃的空氣。天際黑雲和漫天雨幕的背後，遠處的山峰若隱若現。而此刻，早起的蘇青和永浩坐在廊前喝著早茶，大黃狗Bobo在花園裡四處嗅聞。暴雨停了，天空變得澄轍，雨後的空氣格外清新，瀰漫著花朵與樹的香氣，「又是全新一天的開始！」蘇青心底讚嘆也欣賞著大自然瞬間變換的一切。她起身走回屋裡，打開書桌上的電腦，點開一封新收到的郵件。

親愛的蘇青：

當我更靠近我的獵豹一點，好像更多受傷的回憶浮現出來了。

我想起，升上國中之後，我極度渴望能夠脫離小學的惡夢，我極度渴望能和大家打成一片。可是第一次月考成績公布之後，我考了前三名。當時，我是轉學區的學生，這意味著，班上大多數同學幾乎都來自於學區內的兩個小學，沒有人和我來自同一所小學。成績公布的時候，原本開學以來相處和諧的同學們突然有了異樣眼光，「這個人是誰？為什麼會是前三名？」「她有那麼厲害？居然可以打敗我們？」接下來，我開始面對被同學忽視，像個透明人一樣的孤立狀態……才只是第一次月考，我已經感覺到，我原本的渴望破滅了。

我感覺到，我的惡夢，再度降臨。

它再度抓住我了！

親愛的蘇青，當我寫到這裡的時候，我感覺全身發冷，呼吸緊迫。我也才知道，原來當時的我是處在「**它再度抓住我了！**」的絕望和恐懼裡。我也才記起自己當時的慌張、無助、害怕和傷心有多麼的強烈！還有當時心底的那個聲音，堅決而且執拗地說：「我不想要有好成績！我要有朋友！」

現在，我看見了，原來，我的獵豹，是在這時候再一次被關進一個更小、更牢固，而且

上鎖的籠子裡！

「你不可以出來！」我彷彿聽見當時的我，流著淚，既傷心又憤怒地跟我的獵豹說。

那天之後，我開始刻意讓考試成績退步，慢慢退到班級中間名次的安全位置。這一次，我成功地在學校生活裡創造了我要的友誼，以及如同綿羊一般（被納入）群體的位置。我感受到放鬆，快樂，更重要的是，我感受到和他人群聚的溫暖和安全。我不再感到孤單，也不再感到被孤立，我是我要的「綿羊我」！

可是，當我回到家裡，突然倒退的成績，突然就不再優秀的我，讓爸媽既擔心又困惑。我開始必須面對爸爸的責難質問和媽媽的擔心。我感覺到，我失去了一向最疼愛我的爸爸的愛！而且，不只是開始失去而已，我在心中抓住的解讀是，原來，以前你不是眞的愛我！你愛我，只是因爲我很優秀，只是因爲我很乖，只是因爲我讓你有面子！現在我的成績不好了，你就不愛我了！

親愛的蘇青，即使是相隔這麼多年的現在，從記憶中浮出來的這些，仍然讓我覺得好痛！

親愛的易晴：

你這句：「我感覺到，我的惡夢，再度降臨。」讓我感受到的是，許多曾經被霸凌的孩子心底的絕望——「換一個環境，狀況並不會改變！」「曾經的痛苦，又要重新再來一次！」的創傷感。

我想起曾有一個三十幾歲，在外商公司工作，外表斯文英挺的男人來找我會談。原來，在眾人眼裡屬於人生勝利組的他，其實在國中和高中都經歷了被霸凌的痛苦，雖然他隱忍一切存活下來，然而心裡的傷讓他始終畏懼和人靠近。

我一直記得我們第一次見面的那天，外表溫和帥氣的他跟我說的居然是：「我實在孤單太久了，沒辦法靠近任何人，我眞的很痛苦！」原來儘管平常看似可以跟同事互動，但其實他得一段時間就到茶水間或者小陽台去喘口氣，好降低心中的焦慮。即使是在咖啡店，隔壁桌幾個陌生人說話，他都會擔心是不是自己哪裡不對，是不是他們在議論他。

是的，這些年陪伴許多人心旅行的經驗裡，我看見，霸凌常發生在所謂優秀或者乖孩子身上。甚至爲了不讓家人擔心，他們往往都藉著看似如常甚至優秀的外在表現，來隱藏內在所受到的精神折磨。於是學校和家，成了雙重的壓力場域，於是孤單感更是深重。

就像你跟我分享的這段國中的往事，從人類心理發展歷程來看，對一個尙未發展完成的青春期孩子來說，友伴的接納最是重中之重，再加上小學的霸凌創傷，讓你對於「孤立」感到莫大的痛苦與絕望，讓你寧願放棄成績選擇友情。

可是這個選擇，卻讓你在家裡面對另一個關於愛的巨大失落。

在這個習慣往外尋求個人價値的世界，我們都會分不清到底他人愛的是「我」，還是我的「聰明」、「乖巧」、「優秀」、「懂事」、「能力」……更何況是一個孩子。你那聲悲憤的吶喊「原來，你不是眞的愛我！」所引發的迴響，是曾經以爲壯麗堅固如同一座城堡般的愛，剎那間徹底崩塌、灰飛湮滅的漫天巨響！甚至，餘震久久不歇，難以復原重建。

它讓你心中一直存在著一片廢墟，就這樣慢慢長大……

親愛的蘇青：

看著你的信，我淚流滿面。

你說的沒錯，曾經我以爲爸爸給我的像城堡一樣堅固珍貴的愛，突然之間就崩塌了！我反覆在心底問著：「你是眞的愛我？還是只是因爲我很好才愛我？」我強烈的渴望、哀求：「可不可以，即使我不好，你也愛我？」

是的，選擇「綿羊我」，棄絕「獵豹我」，並沒有讓我從此擁有輕鬆無憂無痛的人生，甚至它讓我面對跟隨在愛之後的傷害。

親愛的蘇青，爲什麼愛總是會跟傷連在一起呢？

親愛的易晴：

原來，你是把「愛」與「傷」放在對立的兩端嗎？你認爲，愛應該沒有傷？或者，有傷的就不是愛了嗎？

可是孩子，如果我們只要愛與光，不要傷害和暗影，那麼，我們往往不能承認自己受傷了。

許多孩子在生命早期，對於「一個人怎麼會愛我，又同時讓我受傷？」會感到極大的困惑，不知道兩者爲何能夠並存？不知道該怎麼面對一個人既愛我又傷害我？不知道那到底是愛？還是傷害？

我說的並不僅是父母虐待孩子的家暴家庭，也包括父母對孩子無盡付出愛與犧牲的幸福家庭。因爲**我們的父母是人，不是神**，原本就有必然的限制、也會犯錯。更重要的是，他們在長大的歷程和生命中也受過苦，他們沒有機會療傷，往往不自覺地在給愛的同時也給出傷害。

所以**愛存在時，不代表傷不存在；在看似幸福的家庭中長大的孩子，不代表沒有被長期隱藏的傷痛腐蝕生命**；不代表他們不值得被好好陪伴、好好療癒；不代表他們不需要爲自己創造更好的生命樣態。

昨天一個來訪者跟我說，從小身爲小學老師的媽媽既給她們姊妹無盡的照顧與愛，也給嚴厲的要求，除了小時候會當衆呼她們巴掌之外，即使是現在，面對三十幾歲在外商公司上班的她，媽媽有時仍會習慣對她說出：「你是妓女嗎？」、「你是垃圾嗎？」我探問她的感受和回應，她說：「也沒什麼啊！反正她就是這樣，刀子口豆腐心，她其實很愛我們的。我會很平靜的跟她說，對啊，我就是垃圾啊……」

如果我們把「愛」與「傷」視爲不可並存的兩極，那麼感恩於父母給出的愛，或者心疼父母辛苦的孩子，就會無法承認自己受傷了。

就像一個踩到母親放的地雷的孩子，會說：「哎呀，其實媽媽放地雷也是爲了保護我們，怕我們跑出去會危險，也擔心壞人進來。你看，如果沒有這些地雷，我們就不會待在安全的家啦！而且，也不是到處都有地雷，這次是我自己不小心沒避開。」如果別人關心問他：「但是你受傷了啊！」，我們會看看自己血跡斑斑的腳踝，然後沒事般地笑笑說：「其實沒有那麼痛啦！習慣就好，爸爸媽媽其實對我很好，只是因爲太愛我才會這麼緊張的。」

爲什麼我們受傷了卻還會笑看自己的傷？因爲我們以爲，只要假裝不痛，只要只看見愛而不看見傷，或許一切就沒事了。我們帶上幸福美好的光環，高舉著愛的光亮，內心卻埋藏了眞正的感受，**我們選擇了遠離眞實的自己。**

還有另一個女孩，從外表看來完全是光鮮亮麗的人生勝利組，但沒人知道她內心已經被長期的高壓逼迫到身心幾乎崩潰。在心旅行中，她始終無法碰觸自己過往的傷，不是不願意，而是完全看不到、也接觸不到。每一次說起父母，都是記憶中父母對她與弟弟妹妹眞實的付出、溫暖、開明、支持的愛，但同時，她對自己的高要求所產生的焦慮與痛苦，卻是那麼強烈。

我們是在極緩慢、極緩慢的速度裡，才挖掘出她童年時置身於高成就的爸爸、極優秀的弟弟妹妹身邊，有多麼自卑痛苦。尤其每次爸爸要教她學某個東西，教了兩、三次就暴躁地脫口而出：「這麼簡單你也不會！」這句話成了她內在不斷砍伐自己，也無止盡逼迫自己的重複魔咒。

我們在原生家庭裡最被困住的，也最感到痛苦的，往往不是傷，而是混雜了「愛」與「傷」的「兩難」。當我們掉進二元對立的認知陷阱裡，面對無法並存的兩難，我們就開始在愛與傷、光與暗之間做選擇……

親愛的蘇青：

是的，我也是這樣的！我的確是忘掉傷，選擇愛，我的確是丟掉暗，選擇光。

此刻，當我打出「光」這個字，因爲打得太快，好幾次在電腦螢幕上出現了「孤尢」。

我不禁想，**或許我的「光」，就是「孤」**？

我好像看到，過去我在心底不自覺的拒絕依賴任何人，我認爲我就是自己的光。可是其實那個光，卻也是暗。是失望，是傷心，是死過一次的痛、無助和哀傷。

所以……我一直以爲的愛，是在核心最深處的「孤」開始建構起來的？我以爲的和他人連結，或者我以爲與他人連結的溫暖，核心裡，其實是一塊冰？

親愛的蘇青，這就是怡君和志遠感受到的「表面親和，其實疏離」的我嗎？是嗎？

親愛的易晴：

你說打字的錯誤，觸動你思索也許「你的光就是孤」這段話，讓我深受感動！這是內在的力量與智慧在引領你覺察和洞見！

我也感受到，你的「孤」與「冰」，意圖不在於傷害他人、推開他人，而是保護自己——曾經那樣徹底心碎、失望、那樣「死」過的自己。

但是，這是一條幫助我們生存下來，卻無法讓我們眞正快樂幸福甚至成功的扭曲的路徑。就像我上次提到的那個在外商工作的女孩，無論她表現得再好，內心深處她的自我價值都是低落的（甚至，正是自卑逼使她不斷追求完美，掩蓋羞愧與脆弱）。這是用「對媽媽承認我就是垃圾」來平息爭執所產生的副作用，這也是爲什麼很多人即使看來是人生勝利組，卻依然不快樂，甚至憂鬱、空虛、痛苦。

親愛的易晴，我們不只要存活，更值得好好的活。

我一直相信，以自卑當作內心趨力，所得到的成功和幸福是虛假的。就像掛滿再多燈飾綴帶的聖誕樹，也是沒有生命的。我們值得找回自己原本就有的美好與力量，如同在土地上萌芽生長的植物一樣，充滿生命力地展現出豐富又獨特的自己，這將爲我們帶來眞正的幸福。

從今天開始，你可以擁有一個全新的觀點——愛與傷，並不是對立的兩極——父母愛你，但是你深刻的傷痛也是眞的。我們收下愛，同時也爲自己療傷。

生命的眞相，不是兩難，而是兩全。

就像我們總是說原生家庭對人具有深刻的影響，此刻，你和志遠也正在創造小蝴蝶的原生家庭啊！當你透過心旅行帶給自己改變，這份成長的禮物不僅是給你自己的，也是給小蝴蝶的。

人生是雙贏，這才是眞相，也才是我所見的美好！

愛你的 蘇青

③ 我的俄羅斯娃娃

看不到傷口的傷口，還是傷口嗎？

親愛的蘇青：

不知道為什麼，今晚我失眠了。

志遠在身邊睡得很熟，可是我翻來翻去怎麼樣都睡不著。剛剛我到小蝴蝶的房間看她，發現她整個人睡得頭下腳上被子踢得老遠，那個可愛的模樣讓我忍不住噗哧笑了出來。就在我在小床上把熟睡的她重新安頓好、蓋好被子的時候，我突然想起了這趟心旅行剛開始不久時，在你的工作室裡我無心挑選的那隻「少了右手的受傷兔子」。

不知道為什麼，我突然掛念起她。

現在，我正坐在書房裡，電子鬧鐘亮著2:35，夜好深，世界好安靜，好像只有我一個人。月光靜靜的灑進來，灑在我眼前的手扎本上，那時候我依著你的建議寫下來的文字，跳入了我的眼前：

看不到傷口的傷口，還是傷口嗎？

看不到傷口的傷口，還會疼痛嗎？

看不到傷口的傷口，還需要療癒嗎？

隨著這趟心旅行，生命故事的脈絡彷彿串連了起來，我當時的困惑也開始向我展現線索與答案。我逐漸明白，看不到，並不代表不存在，只是我一直把她遺忘了……

☆ ☆ ☆

輕輕嘆了一口氣，像是爲了紓緩自己因爲遺忘而懊嘆的心情，易晴停下了敲打鍵盤的雙手，起身信步走到書房角落的一個玻璃書櫃前，這裡擺放著她和志遠收藏的旅遊書、旅行手札，還有一些相本和旅行紀念品。易晴隨手翻閱這些好久沒碰的書和筆記本，一個個回憶開始躍現眼前。看著看著，突然之間她的目光停佇在一件物品上，那是剛結婚時志遠出差時帶回來的小禮物，一個俄羅斯娃娃。

易晴把她拿起來，走回書桌前，再把原本套疊著的娃娃，一個個由大到小在書桌上排成一列。她的目光來回在這七個乍看相似、但大小和圖案細節其實不同的俄羅斯娃娃上游移著，映著窗外灑進來月光，目光裡先是佈滿了困惑，然後就像一陣風吹過，滿天浮雲一散而逝一樣，她的眼神透著恍然大悟的晶亮。

她再度開始敲打起鍵盤……

☆　☆　☆

親愛的蘇青，你一定看過那種俄羅斯娃娃對嗎？剛剛我突然明白了一件事——一直以來，我就像俄羅斯套娃一樣啊！我的意思是，從最外層開始一層一層往內，她們分別是獨立的我、勇敢的我、努力的我、堅強的我、樂觀的我……這一個個的俄羅斯娃娃都是我，但是在最內層那個最小的娃娃，其實是一個「受傷的小女孩」！

這就是我的實相嗎？

親愛的易晴：

看起來，與「俄羅斯套娃」重遇的美麗機緣（你稱之爲巧合，我卻覺得是與你內在的成長相呼應的美麗力量），好像替你長久以來的困惑揭開了謎底——爲什麼你始終有一種很深的「矛盾自我感」，有時候是獨立堅強的女人，有時候又是一個慌張無助的小女孩。

一路走來，我看著你開始渴望接觸你的「暗影」，看見你過去的憤怒與受傷被壓得那麼深，她需要經過那麼多次的支持和逐漸出現的允許，才能脫開懂事、理解、體諒、愛，也就是不斷在你的畫中出現的彩虹、蓮花、菩提葉——這些既是「超脫」，同時也是「壓抑」的強大力量——最後才能眞實地被你看見。

說到底，你的彩虹、蓮花、菩提葉，其實也並非意味著眞正的超脫。

我一直很喜歡榮格提出，所謂的英雄之旅，其實是一段必須逐步前進的完整歷程——從天眞者、孤兒、流浪者、鬥士、殉道者到魔術師。

這些年我觀察，有太多太多從完美幸福的伊甸園墜下後一無所有的「孤兒」，直接就**跨級跳進「殉道者」的犧牲奉獻裡**。就像你一般的小大人們，丟棄了受傷憤怒無力的孤兒自己，轉而位移到媽媽的身邊，和她一起成爲體貼付出的大人，成爲偉大慈愛的殉道者。我看見，一場發生在內在的分裂對立，自此開始。

你信裡描述的與內心俄羅斯娃娃相遇的月夜，對我來說，是一場美麗奇幻又珍貴的自我探索與引領！

別害怕，你心底明亮的月光，一直在指引你前行。

第九章

新生

有意識地
把持對立面之間的緊繃張力，
將凝聚出衝突的潛在解決方式
當意識與潛意識的衝突
處於顛峰時，
同時也將凝聚一股生命的能量。

——榮格

1 拿回火焰！

有時含苞，有時優雅，有時「怒」放！

親愛的蘇青：

每次和你的對話，都有如在巨大黑暗中提著一盞小燈行走，你的愛與智慧就是那盞燈，始終陪伴著我。我每向前一步，都又隱現著下一步，我不知道究竟會發生什麼，但就是奇妙地一步一步慢慢的向前，然後一次又一次看到全新的風景。

這幾天，你曾說過的這句話：「你是不是決定，為自己停止這場持續多年的自我殺伐？」不停的在我的心中迴盪！讓我在上班的時候、陪小蝴蝶畫畫的時候、或者剛剛志遠睡前跟我說起下個連假是不是帶公公婆婆一起出去玩的時候，我都不斷的走神。

現在趁著他們都睡了，我決定了放棄逼自己入睡，起身找出我的「快樂小女孩」這張心畫。

我感覺到，我的開朗小女孩在呼喚我！她的紅裙之下是滿滿盛開的花；她的頭頂上，有藍天，有白雲，有飛鳥；她有著紅色的長髮，甚至，頭頂還有戴著一頂黃色的皇冠（就像我的少了右臂的兔子一樣），她是如此豐盛而開心。我曾經是這樣的一個小女孩，可是這麼久以來，我居然都把她遺忘了……

親愛的蘇青，我想念她！我想念這個開朗的女孩！原本我覺得很恐怖的火焰，在她身上，卻可以是充滿活力的美麗紅裙！我想要像她這樣活生生的活著！

現在我眞的感受到，丟掉這個火焰實在是太不值得、太可惜，也太愚笨了啊！

親愛的蘇青，我想拿回我的「火燄」！

親愛的易晴：

在人類進化的歷程中，火，一直是非常重要的里程碑。我相信，你願意拿回火焰，也意味著正跨向一個全新的進化之境！

下次見面時，或許我們就從你的「火焰」開始？

☆　☆　☆

這一天，才坐下，易晴立刻遞給蘇青一張畫，「這幾天，我重新把這張『憤怒火焰』（圖7）的心畫拿出來看了！」

接過畫，蘇青注意到易晴今天難得穿了件紅色裙子，「是嗎？有什麼新的發現？」

「嗯，我還是對那個大大的黑色X感到怵目驚心！不過，這次有一點不一樣的是，那團原本讓我覺得很恐怖的火焰好像**多了一些悲傷、可憐的感覺**。」

「你願意多說一點那個悲傷嗎？」蘇青邀請著。

「我好像感覺到，這團憤怒火焰是在說：『**請你救我！請你愛我！**』」

「你的意思是，你多懂了一點你的憤怒？」

「對！我好像開始感覺到，我的憤怒不是生氣，她是想要靠近，她是想要被愛，她是不知道該怎麼辦……就像一歲多時被關在小床裡哭著要媽媽抱時的我一樣。

「那個小女孩看起來像是任性、憤怒的大哭大喊，但她其實是在求救……她是在說：**媽媽我愛你！但我不知道怎麼辦，我沒辦法做更多了，我眞的快死掉了，我眞的撐不下去了。而這個憤怒火焰的出現是爲了……？**」蘇青繼續探問著。

困惑的表情浮在易晴的臉上，但緊接著她睜大了眼睛，既驚訝又恍然大悟的說：「**她其實是想保護我的安全底線！**」

蘇青微笑著，「你認出眞正的她了！你還記得那張『紅色花朵裙的成熟女人』的心畫嗎？」

易晴點點頭，翻開畫冊，找出「紅色花朵裙的成熟女人」（圖10）的那張心畫。

圖7：我不要你！

「現在如果再看看這件紅色花朵長裙，你會多看見什麼嗎？」

「嗯，我覺得它讓這個女人既有活力又優雅，而且充滿了魅力！」

「是啊！孩子，憤怒也是一種溝通，一種表達，就像你對這幅心畫的命名：紅色花朵裙的成熟女人。女人，就像花朵一樣，有時含苞，有時優雅，但也有時是怒放！『怒』中的魅力，我們不需要迴避……」蘇青向易晴眨了眨眼，笑開了！

易晴看著髮色已然灰白的蘇青臉上的這個大笑，突然感覺到彷彿疊影著一個開朗小女孩的開心和自由！她豁然了解，原來，一個眞實自在的女人是這麼美，這麼有活力！溫柔也好，生氣也好，都是眞實，都是魅力！

2 更新愛的方程式

願意說出我自己，是我付出愛的新方式。

這一天易晴和蘇青一起做麵包，她把雙手插進柔軟溫暖並富有彈性的麵糰中，體會著那種如同觸摸肌膚般的感覺，再拿捏如何運用全身與手腕的巧勁，把力量揉進麵糰裡，這樣的過程令易晴覺得享受極了！

「小時候，我媽也超會做菜，各種點心什麼的都難不倒她，我常常不跟鄰居出去玩，而是和她一起待在廚房裡當她的小幫手！」易晴跟蘇青分享著心中浮起的記憶。

「是嗎？我有點好奇……」在一旁的蘇青一邊做著紅豆餡一邊問：「媽媽知道你替她做了那麼多嗎？」

「嗯，應該不知道，因爲我一直沒有說。」

「你沒有說，可是你期待……？」

「我期待……她懂！」

「如果你從小在關係裡建立的互動模式是這樣的，萬一別人不能懂你的話，你的感受會是……？」

「我會覺得……」易晴一邊按壓著麵糰，一邊斟酌著心裡的感覺，「痛苦、傷心……還有『絕望』！」

「絕望？不只是失望？而是絕望？」蘇青停頓了一下，話音溫柔，「那是因爲，對無法爲自己說出口的你來說，『別人不懂你』所意味的，是被丟在『噤聲地獄』裡沒有人可以拯救你，就像交出聲音的美人魚一樣，被沉在暗黑無聲的海底。你的絕望感由此而生？」

蘇青的這個精準又高度的同理，像是技術高超的師父一下就按壓到了最深的穴點，讓易晴停下了原本揉麵糰的雙手。深深吸了一口氣，又緩緩吐出了一口氣，她點了點頭說：「沒錯！就是這樣。」

「我記得高中時，我被聯考壓力壓到不能呼吸，有一、兩次我受不了大爆炸的時候，我指著窗外跟媽媽說，我眞的好想從那裡直接跳下去！媽媽完全不懂我爲什麼『突然』反應這麼大，只能跟著我一起哭。當時我心裡的吶喊是：『爲什麼你不能懂我？』『我已經那麼那麼努力逼自己了，你難道不知道？』『你爲什麼會不知道？』我掉進一個傷心、失望、無助、痛苦、憤怒的黑洞裡。」

「但如果現在你以長大的視點來看，也許媽媽不懂你，但那就意味著她一直都不想懂你嗎？」

蘇青的話，像是在暗夜中突然亮起一盞微亮的明燈，照暖了一方暈黃的空間。

「我好像可以更多一點的聽見，媽媽說這句話的語氣，不是指責，而是她搞不懂，她覺得心痛。我感覺，媽媽是在說：『我很愛你，我不希望你受苦，但我不知道要怎麼幫你！』」

下意識的，易晴再度開始觸摸麵糰，感覺到那份柔軟的觸感從雙手傳遞到心裡。「嗯，我媽媽想懂我，但我總是不說、或者說不出來，讓她覺得很困惑。沒錯，媽媽不懂我，不代表她離開我。」

過了一會兒，她原本困惑的雙眼逐漸漾起光芒。

「媽媽不懂我，但她愛我！」

蘇青微笑：「這個新的體會，帶給你什麼觸動呢？」

「嗯……即使我不被懂，但當我看見關係裡存在的愛，我就可以只是失望，而不是絕望。」

「這個改變，又會怎麼影響你和別人的關係呢？」

「當我只是失望，不是絕望，我就不需要關上和別人連結的大門，我就不需要離開別人！」眼睛裡的光芒再度閃亮，「是這樣的嗎？」易晴急切的跟蘇青分享著也核對著。

「看來，原本你還有一個『愛的方程式』是這樣的：**懂我=愛我；不懂我=不愛我**。

「可是現在，當你不需要透過『懂』或『不懂』來檢視愛的存在與否，你開始看見，別人不懂你，你們的關係也無需斷裂。或者你願意更往前走一步，如果你渴望的是愛，是建立連結，那麼有什麼是你可以爲自己、也爲這段關係做的嗎？」

「我……可以多說一點自己的內在：我的感受、我的想法、我的期待。所以……」易晴停頓思索著，直到小星星再度聚集在她的眼眸之中：「**願意說出我自己，是我付出愛的新方式；願意說出我自己，是我爲關係努力的新方式！**」

訝異、興奮、驚奇，就像一個個飛揚的泡泡，出現在易晴的聲音裡。

始終知道如果直接給答案就像揠苗助長一樣無益，一路始終耐心陪伴等待的蘇青，等到了易晴自然花開的美麗時刻！

3 暗，不會驅走光

黑暗，不需要被對抗。
當光進來，暗，就消失了。

親愛的蘇青：

上次和你的對話，我才發現，原來一個觀點的改變，會爲我帶來這麼大的不同！這兩天，我一直想到之前我們討論過的：過去我不自覺緊抱著「『愛』與『傷害』不能並存！」的這個想法。

剛剛我試著自由書寫，然後在我的筆下出現了這段話：

斷裂，是愛與傷害的兩難！

斷裂是在說：「我愛你，所以我要隔開你，不然你會被我傷害。」

斷裂是在說：「我愛你，所以我要隔開你，不然我會被傷害。」

靠近和擁抱，只是被迫分離的前奏曲。我一直執意擁抱的是光，但其實我心底徹底明白的是暗。是一切終將失去，不復存有。我的心曾死亡過，知曉那沉寂無聲無盡的暗與冷。我不會再讓自己回去那裡。我在光的世界裡舞蹈，遠離暗的核心。這明亮之夢，就可以繼續……

我看著這段感覺很陌生，但又明明是從我筆下寫出的文字，我覺得詫異，也為自己感到心疼——原來，我的心曾經這樣的死過……

親愛的易晴：

但是，**遠離暗黑核心的你，並不能夠繼續這明亮之夢**。無論是他人或者是你，我們都不是神，我們都只是人，我們都做不到只給出愛，沒有傷害。我們不需要用否認傷害的方式，去偽飾愛，我們不需要用否認傷害的方式，去墊高愛。

之前，我們談過榮格把英雄之旅分為六個階段：天真者、孤兒、流浪者、鬥士、殉道者、魔術師。這六個順序是有意義的，如果孤兒沒有經過流浪者隻身上路、害怕慌張的闖蕩，以及鬥士爲了求生存而鍛鍊的勇氣和能力，就直接跳到殉道者爲他人犧牲奉獻，看似發光溫暖，但其實自己內在空無冰冷；或者直接跳到魔術師的超凡神奇魔力，但其實只是一場虛假幻夢。

無論那光看起來多麼明亮，其實內裡的實相是冰冷的暗夜啊！

親愛的蘇青：

你的話讓我想到，之前許多朋友曾經給過我的這句回饋：「你很奇妙，感覺很親和，但又好像很疏離」，其實的確精準地說出了我的內在狀態——**我既渴望愛，又怕被傷害；我既渴望給愛，又怕帶給他人傷害。這樣兩難的我，於是在「自己」與「他人」之間擺盪；在「親密」與「疏離」之間折返跑。**只是對於這樣糾結卡住的內在模式，我一直無所察覺罷了。

寫到這裡，我也想起了「從小沒看過爸爸媽媽吵架」的這個經驗。我仍然深深明白及感謝這個經驗帶給我的禮物，那是在性格底層飽滿的安全、愛與信任、光亮。但是，現在的我也多了一些看見——我相信，那其實也是我的綿羊媽媽，用忍讓和妥協所換來的啊！只是我以前只肯用童話般完美的眼光來看待它罷了。

親愛的易晴：

當你看到這些，你是不是開始體悟到一件事：眞正的愛，不只存在於共鳴快樂的時刻，也同時存在於差異、憤怒、失望、傷心的時刻。我們可以充分表達自己地爭吵，因爲我們懂得如何和好；我們懂得如何一次一次在衝突之後，繼續說，我眞的愛你，繼續一起手牽著手，更靠近更安心地往前走。

這是一種既表達自己，也接納理解對方，知道即使存有差異，即使受傷憤怒，也知曉彼此依然飽滿著愛；而且透過一次次眞實的表達——無論擁抱或爭吵——而更加靠近也更紮實安穩的關係與愛。

你會期待這樣的關係嗎？

親愛的蘇青：

如果說，之前我執意要的是光，現在我看到的新圖像是——愛裡，的確仍然有傷；但是不完美的我們，仍然彼此相愛、支持、彼此陪伴。

這眞的好美！我想要和志遠還有小蝴蝶，一起學習這樣的關係。

4 只需要接受，不需要心疼

我不需要用離開關係的方式，來體諒別人、照顧別人。

親愛的蘇青：

前幾天我跟志遠大吵了一架，雖然我覺得有點慚愧和沮喪（心旅行了這麼久，學習了這麼多，我還是沒有修練好！）可是沉澱一、兩天之後，昨晚我跟志遠好好談了一下，即使氣氛還有一點僵，但我想我還是進步了，至少不那麼覺得爭吵就一定代表關係的毀滅，已經可以開始跟志遠一起練習爭吵之後的和好了。

不過，在這兩天的沉澱和反思裡，這次的爭吵也讓我多看見了——在我心底好像有一個聲音，她說：「這個關係我可以不要，但是我不要別人為我那麼辛苦！我不要別人為我那麼為難啊！」

親愛的蘇青，這個心底的聲音震驚了我！

我發現，別人辛苦這件事——比如說原來志遠為了我扛住了婆家的壓力（雖然他說，那是他的選擇！），或者上次你為我打破慣例，這些對我來說，竟然都是如此難以承受？

這是因爲「綿羊我」又過度爲人著想嗎？

親愛的易晴：

無論原因是什麼，只要有「覺察」，就意味著你已經走在改變的路上了。

你的「綿羊我」習慣把他人當成主體，所以建立人我界線才會這麼困難，可是，你發現了嗎？你的過度體貼，反而會成爲別人對你付出、靠近你的阻力。

就像志遠說的，那是他爲自己的選擇；就像我爲你調整時間或者打破慣例，也是我自己的評估和選擇一樣，這些都跟你沒有關係，你不需要爲我們承擔什麼呀！

更重要的是，對於別人在關係中的努力和付出，你可以只接受，不替對方心疼嗎？

親愛的蘇青：

很謝謝你跟我說：「這是我們自己爲自己的選擇，跟你沒有關係。」這句話，幫助我可以不位移到你們身邊，而是更安穩地站在自己的位置。也讓我對關係有了一個新的體會——如果對方就算覺得辛苦，仍願意在關係中努力，代表的是，他想要保有和我靠近的關係！

我覺得很感動，也有一種輕鬆和開闊的感覺慢慢的流出來。

我不再需以離開關係的方式來體諒、照顧、心疼別人，只要看見並且珍惜他們想要跟我

靠近、繼續保有關係的心意；只要好好地對關係付出，就可以了！

是這樣的嗎？

親愛的易晴：

眞好！你開始逐漸體會到了，你値得這樣被對待、珍惜，被身邊的人用心地維持彼此關係。

這些年我的確很深的體會到，對於從小就習慣負責承擔的小大人來說，在關係中要學習的反而是「接受」別人的付出。給予，其實有時候比接受來的簡單，因爲當我們給予時，自我是有力量的；而接受，則是一種需要（因此也顯得脆弱）的表現。

可是一段成熟的關係，正在於雙方都能平等自在地接受另一方的給予。因爲這意味著雙方都處在一個有所需要的（脆弱）位置上，反而形成了最深層的靠近與連結。

各自完整，同時又接受彼此的給予，不害怕不介意處在需要的位置，這是信任，也是眞正的自信。當脆弱與獨立、溫柔與剛強、依賴與負責……，這些看似對立的特質完整的在我們身上並存時，那才是圓滿！不僅是個體的完整圓滿，更幫助我們創造關係裡的完整與圓滿，不是嗎？

深深祝福！

5 讓獵豹奔跑

不用證明我很好，也不用證明我不好。
我是獨特珍貴的存在，只需要真正的活出自己。

蘇青端著茶托放在桌上的時候，易晴正窩在沙發裡，一隻手托著自己的臉頰，彷彿在沉思。

「怎麼啦，看起來眉頭深鎖，在想什麼事嗎？」

易晴稍微坐直，說：「前兩天，經理把我叫進辦公室，跟我說接下來有個計畫，要調派一個人手到上海協助一個重要專案，大概需要半年的時間……」

「喔，是嗎？又是一次外派的機會？這次你有什麼的心情或想法呢？」

「嗯……你知道的，以前我都是直接拒絕，但是這次我想接受這個挑戰，我有信心可以做的好，我也打算跟志遠好好談一談。」

「聽起來，你和以前不一樣了？不再是討好的先體貼別人、猜測別人，然後壓抑自己的渴望，而是選擇說出口，並且跟志遠討論。不管這次的結論是什麼，你已經開始創造『我在，你也在』的新關係了！」

「眞的嗎？能被你這樣『認證』好開心啊！我也眞的覺得這次不太一樣，好像心比較定，整個人也比較穩。我不知道怎麼說，但是這種很『在』的感覺眞的很好。是因爲「獵豹我」開始出來了嗎？我知道，我想要去試試這個挑戰，也不擔心志遠，他可以照顧好自己。甚至，在這段時間，我也發現他其實是欣賞我、支持我的。」

「但是……」易晴原本俐落清楚的語氣有了遲疑，「我仍然掛心小蝴蝶，雖然在生活上有爸爸、奶奶、姑姑照顧她，但她畢竟還小，還需要媽媽，她可以適應嗎？她會不會很受傷？以前即使我媽媽那麼全心付出，我都還受傷了，現在我可以這麼自私嗎？我會不會也讓小蝴蝶受傷呢？」

「我聽見你對小蝴蝶的愛，聽見你的擔心，也聽見你認爲『媽媽不可以自私』的觀點，這麼多重的心思，一定讓你很焦慮、沉重……」

「可是，」蘇青停頓了一下，「你有想過嗎？你可以直接問小蝴蝶呀！去跟她說這件事，告訴她你的想法和顧慮，也聽她的聲音，瞭解她怎麼想。這也是你和她很棒的連結，不是嗎？」

「跟小蝴蝶討論這件事嗎？她才八歲耶……」

「我一向認爲，孩子其實什麼都懂，只要你願意好好跟她說，聽她說。所以我從女兒若安很小開始，就會和她討論、對話。」

蘇青輕嘆了口氣，由衷地說：「其實女人結婚、生小孩之後，我們的角色就更多重了，職場和家庭之間的兩難，的確是太多女人共同面對的眞實挑戰。我曾經也面臨和你一樣的困難抉擇！」

「眞的嗎？那你是怎麼處理的呢？你跟女兒討論了嗎？她多大？你怎麼跟她說的呢？」易晴急切的問。

「那一年她九歲，當時我跟她說『**媽咪面臨一個很重大的選擇，因爲你是我很重要的人，而且這件事會影響到你，所以我很想聽聽你的想法。**雖然這是一個很大的決定，所以沒辦法只以你爲主，但是媽咪希望你知道，你的想法會是我很重要的考量。』我跟她說，因爲這個討論很重要，所以我要跟她有一個下午茶之約，請她選一個她喜歡的下午茶店……我記得，那天下午，我和她一邊吃由她精選的蛋糕、喝她愛的奶茶，跟她解釋北京的工作邀約。

「我跟她說這個工作吸引我的部份──可以實踐我的夢想，可以爲我的工作發展好基礎，可以建立經濟上的安穩──而這一點也會跟她相關；我也眞誠的跟她說讓我遲疑的原因──她是我很重要的人，我很希望可以更好的陪伴她。這個改變的時間預計大約是一年，我可以承諾她每個週末我會飛回台北跟她相聚……」

「那她的反應是什麼？她眞的聽得懂嗎？她沒有大哭或鬧彆扭嗎？」易晴忍不住好奇追

問。

「她一邊吃蛋糕，一邊聽我說。後來，她拿出故事書跟我玩了一下，又繼續吃了幾口蛋糕，才說：『嗯，我要再想一想。』」

滿臉的驚訝寫在臉上，易晴說：「天啊！她沒有說好也沒有說不好，她說要再想一想？她的反應怎麼可以這麼成熟？那你怎麼回她呢？」

微微笑了一下，蘇青給自己的茶杯裡加了些茶，「坦白說，我聽了她的反應也很訝異，應該說，更多的是欣賞。我知道這孩子是真誠地跟我對話，所以我更真誠尊重地對她說：『媽咪也覺得這是一個很大的決定，需要長一點的時間想一想。沒關係，你可以慢慢想，等**你想好了再跟我說，我們再喝一次下午茶，然後換媽咪聽你說你的想法好嗎？**』」

「你的回應好棒喔！裡面有好多的理解和接納，原來你是這樣和女兒對話的啊！」易晴的眼神裡閃耀著深受啟發的光芒，「那後來呢？」

「大概過了一個星期吧，有一天晚上她突然跟我說：『媽咪，我想好囉。』於是週末我們又一起去喝下午茶，她一樣點了最喜歡的蛋糕和飲料，我也享受著我的咖啡。我們就這樣一起先享受了一段輕鬆的時光之後，她再度跟我確認了一次細節，包括我承諾每個週末我都會飛回台北跟她相聚之後，她說：『媽咪，我覺得你可以去北京工作……』

「當時，我跟她說：『謝謝你！媽咪感受到你給我的愛和支持！這讓我覺得很溫暖、很感動！不過，就像我之前跟你說過的，這是一個很大的決定，所以媽咪會很認真的從各方面去思考。但是無論結果是什麼，謝謝你愛我，我也很愛很愛你……』

「當然，後來我也眞的做到了我的承諾，這是任何關係中都很重要的事情，那讓我們確實感受到愛的存在。」

分享完這個多年前的故事，蘇青整個人彷彿仍籠罩在感動與溫暖交織的迷人光暈裡。那裡面有眞誠、有等待、有理解、有支持，更有兩個個體同時存在的飽滿的愛。

被這一切深深感染的易晴，早已經卸下一進門時的慌快節奏，一起跟著緩慢並飽滿了起來。再開口時，她的語氣充滿感動卻安穩，「這眞的是好美的一段互動！謝謝你分享這段故事給我。我也要找一個時間約小蝴蝶喝下午茶。無論最後的選擇是什麼，我都希望跟小蝴蝶是這樣能夠好好對話的關係。」

「嗯，這只是一個分享，你也可以創造屬於你和小蝴蝶的對話方式。」蘇青用暖暖的微笑打開了一個眞誠的空間。

☆　☆　☆

親愛的蘇青：

我很感謝今天你給我的分享，讓我看到更多的可能，也讓我感受到，事情其實可以有很寬廣的彈性空間，而不是我以前覺得的非黑即白這麼的絕對。

這讓我更感覺到，我的獵豹可以放心的開始出來奔跑了，我很想念充滿力量又精準明快的她！

在這同時，我也很好奇，以前你的「金色翅膀老鷹」又是怎麼開始飛翔的呢？你願意跟我分享這個故事嗎？

親愛的易晴：

不論是我的金色翅膀老鷹，還是你的獵豹，她們都不在我們的外面，她們，都一直在我們的內在。

我記得，在走上探索與改變的心旅行之前，無論職場或者生活中熟識我的朋友都跟我說過：「你看起來很溫柔，但其實你的內在很堅定。」後來在心旅行中回想起這件事，我才了解，其實無論我接不接受，或無論我是如何用力禁閉我的金色翅膀老鷹，她其實一直都存在。

不過，認出金色翅膀老鷹之後，我體會到，她不是一下就展翅高飛，而是逐漸逐漸地練習著穩穩的飛翔，甚至直到現在，我仍然不斷在練習。

過去很多的人生選擇，我都走了非主流的路，但心中其實仍是困惑的。可是現在，當我越來越跟「金色翅膀老鷹」更靠近之後，對於我的「非主流」選擇，感受到的是越來越清明的安定感。**是的，我有我自己的看見，我有自己相信的價值，也許並非與大家所見的相同，但是我願意，走我自己的路。**當我願意走自己的路，儘管仍然前景未知，但我卻依然能夠擁有到一種安然，那是一種自在的敞開，高飛的暢快。

從小父母給我的教養，以及給予我天性裡美好的本質，讓我知道，每一個高度的天空都是開闊的，於是，每一種鳥，都有他們各自翱翔的天空。或者，每一種海拔都是豐美的存在空間，生長於各種海拔的每一種植物，都有各自完整美好的生命，都有著相同的本質與價值，都值得相同的尊重與對待。

心旅行之後，我懂得了無須用「證明我不好」的方式來保護別人，或者用「隱藏自己」來融入別人。我一樣可以活出屬於自己的完整的生命。

我們不用證明我很好，也不用證明我不好。

我們都是獨特珍貴的存在，只需要眞正的活出自己。

無論是我的「金色翅膀老鷹」，或者是你的「獵豹」，都是值得我們活出的完整自我。榮格說：「與其做好人，我寧可做一個完整的人」，我更體會到的是，做一個完整的人，才可能是一個「眞實」的好人。

期待看見，你的獵豹奔跑時漂亮的姿態！

6 三代女人的力量

兩極座標（媽媽和女兒）的存在，並不在於標記我，
而是協助支持我，找到定位自己的力量！

親愛的蘇青：

這兩天當我繼續思考要不要接受外派機會的時候，我突然在想，如果我媽媽還在世，她會怎麼跟我說？

我想起來國中快畢業時，一向非常溫婉、一切都以爸爸意見爲主的媽媽，極其難得的強烈反對爸爸要我念護校的提議。嬌小溫柔的她堅定地說：「不可以！她要念大學。」

現在我突然明白，在那一刻，她少見地強烈發聲，其實是爲了捍衛我生爲女人的完整。

當我看到這一點的時候我感覺到，如果現在媽媽還在世，她也會欣賞並開心我能夠完整地活出自己！

我感覺到，我和媽媽連結，一股暖暖的力量流進了我的心裡……

親愛的易晴：

你的這段分享眞美！

我感受到，那不僅是母女的連結，也是兩個世代女人之間的支持與牽繫啊！

親愛的蘇青：

你信裡的話，讓我想起了小蝴蝶——我跟她，不也是兩個世代的女人嗎！當我這樣想的時候，突然之間心底浮現出一個聲音，她說：「請不要直接放棄這份工作，有一天當小蝴蝶長大，也成爲一個媽媽，也一樣面對著這樣艱難選擇的時候，你希望她怎麼想？怎麼做？」

這幾天，這個問句不斷迴盪在我的心裡，直到我聽見了自己的回答：**「我希望她知道，她是可以有選擇的！」**

我想陪小蝴蝶一起站在「女人」、而不只是「媽媽」的位置上！我希望能爲小蝴蝶活出一種生命的示範！我不要再像以往一樣，只活出「體貼的綿羊」——在沒有與他人溝通之前，就自己先放棄了可能的選項。

當我站在同是女人的位置上看著小蝴蝶，我好像成了一個更有力量的人！我願意跨出與過往不同的一步，因爲我知道，我的小蝴蝶很可能會追隨我的足跡。

親愛的蘇青，我現在既是笑著又是流淚著，你可以明白我的心情嗎？

親愛的易晴：

你的發現，讓我深深感動。

我看到，你已經走出「綿羊我」的舊模式，開始活出「綿羊＋獵豹」的新模式！而那股力量，不僅來自你自己，也來自媽媽以及女兒——那既存在於家族血緣母女之間，也是跨越家族之外，在「女人」這個角色上彼此間相互滋養「活出完整自己」的愛與支持！

這也是我一直努力在做的事情。

我媽媽所處的年代，是一個男尊女卑、重男輕女仍明顯的時代。而我生長的年代，男女平等的概念已經逐漸成爲時代主流，但是透過生命經驗，我仍然清楚的知道，我們所處的大系統裡的社會乃至於家庭，仍然是一面倒地讚揚女人的溫柔、體貼、退讓的價值。

因此，我從女兒若安很小的時候開始，就有意識地幫助她穩住自我的位置與價值；有意識地幫助她建立人我界線的概念；有意識地鼓勵她說出自己的感受想法或渴望；有意識地成熟而尊重的與她互動應對；有意識地常常跟她說，不論你乖不乖好不好，我都愛你，我愛完整的你。

我期待，這是一份沃土，身爲三個世代女人的我們，能夠既獨立又連結各自的生命，彼此支持著成爲完整的自己。一起連結成一個遠比「我」這個單點更廣闊的大圓。

在這個大圓裡，無論是你的「體貼綿羊」和「精準獵豹」，或是我的「聽得懂人話的小鹿」和「金色翅膀的老鷹」，她們都能一起完整的存在。

我們，其實無需擇選。

7 美人魚，自性的召喚

美人魚始終在心底隱隱陪伴引領著我，

她說，請你唱出自己的歌聲。

屋外清冷的光透過玻璃窗照射進來，突然的降溫，讓整個世界彷彿也安靜了下來。小屋的角落，一個矮胖的陶甕裡幾塊微紅木炭隱隱的送出暖意。

蘇青的聲音輕輕迴盪著……

「現在，請你閉上你的雙眼。放鬆你的肩膀，你的眉心，慢下來，慢下來，有意識地允許自己慢下來。覺察你的呼吸，進入你的內在……在你的內在，有一個美好的地方，很寧靜……你找到這個地方，感受這裡的寧靜、和諧、安然、愉悅的氛圍。

「你待在這裡，很安靜很溫柔地邀請你的內在意象浮現……

「如果有一個內在意象浮現出來了，請你讓它引領你，跟隨它，或者和它對話……」

再度睜開眼，一頭灰髮，披著一條淺灰綠色羊絨披巾的蘇青躍入了易晴的眼簾。她慈柔的目光與嘴角的微笑，像是一個溫暖涵容的無聲邀請，易晴開始緩緩訴說自己剛剛經歷的一趟內在奇幻歷程……

☆　☆　☆

我感覺到自己往下潛泳，在一片大海裡。

往下往下往下……不斷深入海的深處。

周圍海水的顏色，隨著我的下潛，由湛藍到深藍再到墨藍，光線感也逐漸逐漸消失。當我下潛到某一個寂靜的墨藍色深海區域的時候，我開始不再往下而是往前游著。

漸漸地，好像前面遠遠地有一個生命體也在游動著，我看不到那是什麼？

我跟隨著她往前潛泳，希望能追上她。

我像是跟隨著，也像是被引領著不斷往前游。

漸漸的，我感覺到自己逐漸往斜上方游去。

光線感逐漸逐漸緩慢卻清晰地增加，身體周圍的海水漸漸漸漸地越來越透著光。

我游出了海面。

我看見，在一段距離的前方，有一塊露出海面的礁石。

再仔細一點看，有一隻美人魚背對著我，斜坐在那塊礁石上。

溫柔的金色陽光灑在海面上，灑在咖啡色的礁石上，也灑在美人魚的身上。

她的長髮閃亮，身後微微彎曲的魚尾巴同樣也鱗光閃閃……

☆　☆　☆

表情和聲音裡都還留著一抹半夢半醒，既魔幻又輕透的光，即使口述出來，易晴依然爲這個既幻且眞的體驗感到不可思議。

「居然是美人魚！」她忍不住低聲輕呼。

「你想到了什麼嗎？」

易晴抬起頭望向蘇青，「我想到之前我們一起看見的，我曾經也是拿聲音去交換愛的噤聲美人魚！」

蘇青微笑著，語重心長的說：「看來，你自己心中美麗智慧的自性繼續在帶領你，她化作一隻美人魚來和你對話。現在她終於從海底的深處浮上海面了！接下來，我相信會有更多珍貴的對話將會發生。

「慢慢來，就讓你的美人魚帶著你繼續往前行旅吧！」

☆ ☆ ☆

親愛的易晴：

昨天你描述的那段與內在意象——美人魚相遇的故事，讓我想起三十年前，我在第一本書裡曾經寫過的一段文字。今晚我再度把它找了出來，分享給你。

有一個家喻戶曉的童話故事是這樣的，為了能夠擁有夢想中的愛情，美人魚犧牲了自己美麗的聲音。然而最終，換來的卻是愛情和生命的幻滅。

如果美人魚不是選擇徹底的放棄自我，而是懂得運用她美麗的聲音，淋漓盡致地表達出豐沛的情感與心緒，也許反而可以像希臘神話中的海中女妖一樣，讓英雄們也為之神魂顛倒、全心臣服。

早在幾百年前，神話故事就告訴我們，女人的魅力不在放棄發言權、或是徹底的自我犧牲中產生，尤其在二十一世紀的現在，女人生活、女人思索、女人旅行、女人工作、女人享樂、女人成長……

女人，唱出屬於自己的歌聲！

是不是很奇妙，因爲心旅行而相遇的我們，不意卻在「美人魚」這個意象上有了極其巧合的連結。我一方面讚嘆著命運的神奇，一方面也再一次的確信：**我們看似各自獨立無關的生命階段片段，實則是一個綿延接續的生命續曲！**看似一段段各自獨立無關，有時是顯於外的涓涓溪流，有時是隱於地表的安靜伏流，實則是同一條大河的綿長歷程！

曾經，我們都在不自知的情況下，將自己噤聲了。

我們說不出心底的話，說不出自己的渴望，說不出心底的委屈，說不出自己的被誤會，說不出我受傷了，說不出我的痛苦，也說不出我的哀傷。

可是，「美人魚」始終在心底隱隱陪伴引領著我們。

她說：「請你，說出自己的話語。」

她說：「請你，唱出自己的歌聲。」

美人魚，是我們生命的光，是我們自性的光。

無論或隱或現，她始終存在，始終陪伴。

8 孤，然後成爲光

有了安在的「孤」，於是我們進而成為了「光」！

親愛的蘇青：

你說，「美人魚」始終在心底隱隱陪伴引領著我們，讓我的眼中充滿了淚水。我感覺到被陪伴的暖意與安全。愛，在我的胸口飽滿著。

過去，我一直以爲，完整是要往外的。

就像大家都相信甚至膜拜的那句話：找到你的靈魂伴侶，找到你失落的另一半。於是我撐起孤單的自己往前走，只期待與我的靈魂伴侶相遇。然後我遇到了志遠，我感覺開心、幸福、完整。可是這些年，是時間或者婚姻的巨大消磨力嗎？我越來越看到的是我們之間的差異和距離。

可是，現在我好像理解了，就像我畫出的心畫一樣——原來，我自己內在的核心是一座噤聲的黑獄，那裡沒有聲音，也沒有光……

親愛的易晴：

你用「撐起」這兩個字，是因爲當我們認知自己是孤單時，就是一個沙漏的狀態——所有看似具備的力量，其實都不過是不斷流失的假象。就像是沙漠的旅人，勉力撐著走向那藉以活下去的水源。然而所有往外尋找的源頭活水，終究是虛幻的海市蜃樓。

我也曾在親密關係中，經歷一次次的跌撞、挫敗和失望，一次次交替著指責他人與指責自己的雙重傷痛。甚至我有了「當你體會過『兩個人在一起的孤單』時，你就會知道，一個人的孤單，實在是沒什麼了」的痛苦與感慨。

於是我離開親密關係，重新走上一個人的旅程。

從「一個人是孤單的」，到「一個人是完整的」，這條路，我走了很久。因為，這並非是一個一步登天的神話歷程，而是在一次又一次的反覆確認裡，逐漸逐漸感受到自己已然完整具足不缺失。

還記得你想要打出「光」這個字，卻出現了「孤尢」，讓你體會到，原來你以為的光其實是孤嗎？但現在開始反轉了。你會逐漸體會到，當我們能夠在「孤」中安然自在——也就是一個人的單獨並完整，然後我們才能成為「光」。而這光，既照耀自己，也照耀他人。無需取捨，沒有兩難。

孤與光，何嘗不也是另一個完整的大圓呢？

愛你的蘇青

第十章

蝴蝶翩飛

潛意識是一個過程
藉由對自我潛意識的探索
心靈得以蛻變及發展
這種個體化的過程就是煉金術
掌管這個過程的是
「結合的神祕」。

——榮格

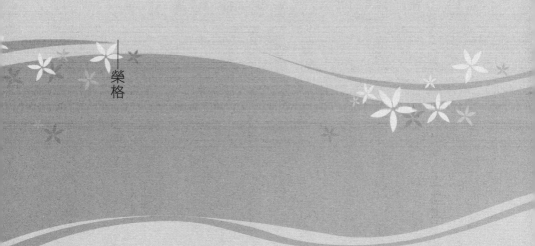

1 蝴蝶飛進死亡的入口？

這個女孩的心底，

其實藏著一大團緊緊裹住的墨灰色哀傷毛球。

早晨的湖邊，明亮澄淨的湖水映照著一片悠然的天光雲影，寂靜裡偶然飛掠過幾隻鳥，在湖面上留下點點移動的美麗身影，周圍整片高大的尤加利樹散發著微涼的清新氣味。

蘇青披著一條質地柔軟的細羊絨披巾，正坐在一幅畫板前。畫紙上澄藍的天空像一朵低垂的巨大花朵，籠罩在湖面上。湖邊綠蔭點點，幾抹或粉或紫或白的波斯菊搖曳著，萬物閃耀著光彩，就連岩石也彷彿有著生命。

易晴來到蘇青身後，在畫紙上的一角落下了影子。回過頭看見是易晴，蘇青放下畫筆笑著說，「起床啦？還是年輕好，睡得晚，永浩已經帶著Bobo去環湖散步啦！志遠和小蝴蝶呢？你們都吃過早餐了嗎？」

「他們都還在睡呢！昨天小蝴蝶開心得不得了，睡得晚，我沒叫他們，讓他們睡飽一點。」易晴說著，拉了張椅子在蘇青身旁坐下。

「這裡的早晨眞的好美！謝謝你邀請我和永浩一起來。」蘇青說。

「哎呀，千萬別這麼說，能和你一起分享這次公司提案大成功的獎勵，對我來說才是最開心、最有意義的事情呢！謝謝你帶給我的力量，讓我的獵豹可以開始出來奔跑。」

蘇青伸手輕輕搭在易晴的膝蓋上，滿眼閃著溫暖的光亮。「孩子，這力量不是來自我，而是來自你！能夠在這趟心旅行裡走得這麼遠，看見這麼多新的風景，創造這麼多的改變，都是來自你心中的力量。」

「來自我心中的力量？眞的嗎？如果是，我眞的很想看看它們到底從何而來？我眞的很想……」話還沒說完，易晴卻突然停住了。

她的視線停留在蘇青胸前的一個蝴蝶鍊墜上。

「怎麼了嗎？」蘇青關心的問著。

回過神來，易晴語氣裡帶著些許的遲疑，「其實我一直沒跟你說，好幾次我都覺得你跟我媽媽好像，都是很嬌小的個子，都是無盡的溫柔、包容、還有好像用不完的耐心。可是剛剛，當我看到你胸前的這個蝴蝶鍊墜，一瞬間，腦袋好像閃過一道光！我突然想起一個和蝴蝶有關的回憶。」

易晴緩緩地說起，多年前的那個既眞實又奇幻「與蝴蝶相遇」的故事……

「嗯嗯，我剛和他們開完會，都溝通清楚了，案子會繼續進行。好，我現在就回公司，細節待會碰面再跟你說……」

☆　☆　☆

初春午後，陽光灑落整條小巷，也灑落在剛從步出大樓的易晴身上。**那層薄金色的陽光，像是一雙溫柔的手，憐惜地擁抱著這個女孩。彷彿祂知道了任何人都沒發現的一件事——在一切看來如常的舉止作息裡，這女孩的心底，其實藏著一大團墨灰色哀傷毛球。**

易晴自己也不知道。

媽媽過世不到一個月，她已回到原本的生活節奏中。早早上班，把喪假裡落後的工作補上，下班後趕著回家，陪伴和媽媽相守一生如今陷入巨大悲傷的爸爸，還有喪禮過後那些瑣碎的人情事宜……

「也許有這麼多事要做是好的。」那晚拎著兩大包垃圾站在街角時，易晴心裡這麼想。

第一次面對至親的死亡，就像是第一次遇到震度七級的大地震一樣，她不知道怎麼樣的心情和狀態才是「正常」？她只記得，媽媽過世的隔天，一早起床，在那似醒未醒的時刻，心裡浮上來的濃濃困惑：「這世界怎麼還是一樣運轉？」但下一秒，她立刻跳起來跨出房門探望傷心欲絕的爸爸。

這些日子以來，她努力壓下的不只是時不時就湧上來的眼淚，更是心中困惑吶喊的這一句：「在最親的家人死亡之後，到底大家都是怎麼繼續活下去的？」

垃圾車緩緩靠近的悠揚音樂聲打斷了易晴的思緒，她深吸一口氣，隨著身邊陌生的社區鄰居們加快腳步追上剛停好的垃圾車。一甩手，她把兩大包垃圾丟進垃圾車，然後快快轉身，在閃爍的小綠人燈號變換前穿越過馬路，心裡惦念著趕快回家陪爸爸吃還剩下一半的晚餐。

在她身後，一包包垃圾已經瞬間俐落捲入垃圾車的壓縮機器裡，彷彿消失於無形似的繼續空出車斗空間。就像易晴心中巨大的悲傷和混亂，也隨著依然往前毫不停歇的日子，輾壓成一片片或墨或灰的碎片，好讓出空間，讓生活裡的一切得以如常。

回到這個初春薄金色美麗陽光無聲灑落在易晴身上的時刻，這春暖乍寒裡微微的暖，似乎讓易晴的嘴角不由得輕輕上揚了，但她仍然沒有慢下腳步，繼續向前，直到她突然意識到，一隻蝴蝶一直跟在她的身邊繞著她飛。

她試了一下往前快走，粉黃色的蝴蝶跟上她；她停下腳步，蝴蝶也隨著她的停步貼近她。訝異、驚喜、困惑的表情出現在易晴臉上，她嘗試慢慢地舉起右手，伸出右手食指……

奇妙的事發生了！

粉黃色蝴蝶拍拍翅膀，居然就停在她的指尖上！

真的是完全靜止不動的停著！簡直像一隻跟易晴親近到了極點的寵物似的。一秒鐘，兩秒鐘，十秒鐘，一分鐘……易晴在心裡默默數著，蝴蝶就這樣一動也不動地繼續停在她的指尖……

一個個經過的路人，臉上紛紛露出訝異的表情。

一幕宛如宮崎駿電影的停格畫面，就如此奇幻地發生在這春日的眞實人世裡……

☆　☆　☆

「眞的不騙你！那時候我眞的就是呆呆的站在那裡，和手指尖上的蝴蝶一起停留了一、兩分鐘……直到後來我心想，『也不能一直這樣站下去吧！』我輕輕動了動手指，蝴蝶才慢慢地飛了起來，又在我的手指頭邊繞飛了一下，然後才慢慢飛走。」混雜著困惑和驚訝的語氣淡了下來，易晴輕輕嘆了口氣，「很多年以後，我在書上讀到一句話，它說：『有時候剛離世的親人，會轉化成成昆蟲、蝴蝶或者小鳥，飛來親人的身邊。』我在想，那隻蝴蝶很可能是媽媽對我的告別……」

「所以對你來說，蝴蝶，是有另一層意義的？」

「嗯嗯，現在我也在想，我會遇到你，跟你一起走上心旅行，在旅行裡重新看見媽媽和我的關係……也許這些都不是巧合。**我一直有一種感覺，這趟心旅程，隱隱的，好像是媽媽一直在陪著我往前走。**」

「從你剛剛的話裡，我很關心的是，這麼多年以來，你有好好地照顧過失去媽媽的悲傷嗎？我在想，這隻蝴蝶會不會是想帶你去看一看『媽媽的死亡』對你的衝擊？」

「天啊！」易晴不自覺往後靠向椅背，驚訝的說：「你是說，剛剛我本來想看的是『力量』，可是現在卻變成要看媽媽的『死亡』？這會不會太奇妙了啊？難道『死亡』和『力量』會是相聯的嗎？」

「我也不知道，但也許這是另一組對立兩極？這也是心旅行的奧祕——我們永遠不知道會有什麼新路徑出現。如果你準備好了，你願意繼續走上這個也許是從『死亡』通往『力量』的探索旅程嗎？」

「從『死亡』通往『力量』？」易晴一邊重複蘇青這句話，一邊在心底自問，「這一次，我敢推開『死亡』這扇大門嗎？」

2 是誰的哀傷？

她是，血一樣的眼淚啊！

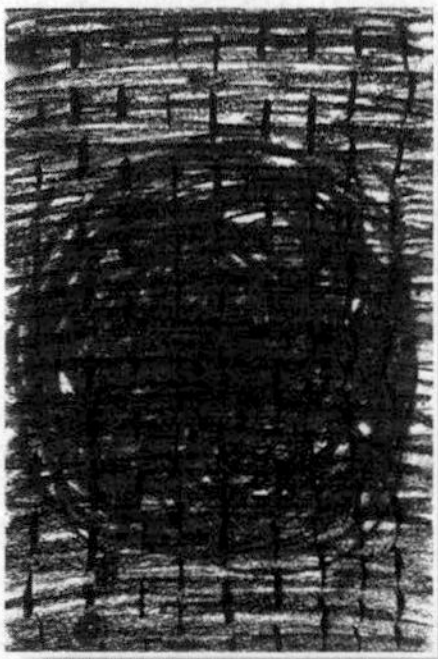

圖11：是誰的哀傷？

這天，在蘇青位於市區的工作室裡，另一階段的心旅行開始啓程。

「這一次，我們可以從『死亡』這個關鍵字當作入口，看看你的心畫會帶你看見什麼？」

易晴點了點頭，有點出神地望著長木桌上的空白畫紙和粉彩筆。

媽媽。死亡。

她把這兩個詞語，像小石子一樣投進心湖裡，感覺到「咚」的一聲，石子沉到水底，湖面卻依舊寧靜無痕，她只覺茫然。這份茫然，讓易晴不知道該拿起哪個顏色的粉彩筆，也不知道要畫些什麼。

她不急，就這樣陪著茫然的自己等著等著……漸漸的，她感覺到，在心湖的底層，兩個詞語像是綁了線的兩個小鋼珠球似的，在兩端輕輕輕輕地左右搖晃了起來……幅度越晃越大……「媽媽」、「死亡」——兩個晃動幅度不斷加大的鋼珠球撞擊在一起……

蘇青看著坐著不動的易晴突然伸出手，拿起黑色粉彩筆，在畫紙的正中間落筆，不斷不斷迴圈並且逐漸加快的筆觸，逐漸形成了一道龍捲風，或說漩渦。紛亂、擴張，而且密集纏繞。

直到易晴感覺這個突來的強烈情緒稍停，她才停筆，讓心情沉澱，同時看著眼前這團龐大紛亂、四處肆虐的黑色龍捲風。就這麼看著看著，另一個直覺浮起。她拿起了紫紅色粉彩筆，由黑色龍捲風的中心開始畫出一個個紅點。一滴、兩滴、三滴，是血啊！她心想，四滴、五滴。

她抬起頭困惑地對蘇青說：「怎麼只有五滴？這血怎麼會流得這麼少呢？爲什麼不是像之前畫暗影的那張心畫一樣流了滿地的膿血呢？」

「再看看它，不急，輕輕的吸氣、吐氣，和它接觸，感覺一下……」蘇青既穩又輕地回應著她。

照著蘇青提點的方法，易晴輕輕的吸氣，呼氣，吸氣，呼氣……然後再度安靜的望著心畫。旁邊一盞香氛燈裡的馬鬱蘭精油透過淡淡的蒸氣水霧，慢慢隨著呼吸滲入了她的心中……

「啊！她好像不是血！……她是……眼淚！」

再抬起頭，易晴望向蘇青的眼神裡有著小小的驚慌。

「她是血一樣的眼淚啊！」

才說完這句話，只見她低頭再度拿起黑色粉彩筆，她的呼吸變得急促，從上往下地在整張畫紙上畫下了一道道細細密密的黑色雨滴……

當整張畫都被黑色密密的雨滴線條罩住，易晴仍然沒有抬頭，拿著黑色粉彩筆的手懸在半空中，專注看著她的心畫。蘇青繼續無聲地在一旁陪伴支持。過一會兒，只見易晴繼續落筆，這次是橫向的線條，像是一片密密竹簾似的把整張心畫全都蓋住……

畫面外，易晴的淚，也無聲地流下。

「我好像看到，這個畫面是媽媽過世時你沒能宣洩出來的哀傷……」蘇青溫柔而緩地說著。

易晴點點頭，伴隨著越來越多的眼淚流下，她哽咽著說出一句又一句壓藏心底的話……

「媽媽一向那麼膽小，她一個人去那麼陌生的世界，我們——爸爸、哥哥、我和妹妹卻都留在這裡，她一定很害怕……」

「死亡的那一刻，媽媽會不會很痛？」

「停止呼吸的時候，媽媽是不是很痛苦？」

像是開了閘門似的，一句句被壓抑的擔心和傷心，隨著易晴的敘說和眼淚，從她的心底深處流洩了出來。從原本的低泣，逐漸地釋放，最後她把頭埋進緊抱著的抱枕裡大哭了起來。

像是懂得這樣的心情似的，原本睡在一旁的大黃狗Bobo起身，搖搖毛茸茸的尾巴走過去，把牠的頭湊放到易晴的膝蓋上。

蘇青看著這一幕，給了Bobo一個欣賞和感謝的眼神。當她的目光移向窗外彷彿共時性的傾盆大雨時，泛紅的眼眶也落下淚來。

☆ ☆ ☆

「原來，關於媽媽過世這件事，我壓抑了這麼多的眼淚啊！」易晴一邊整理桌上凌亂的面紙團，一邊不好意思地說。

「是呀，我們很多人都和眞實的自己離得很遠，不過，今天你很溫柔地靠近了自己，即使我只是旁觀，仍然覺得珍貴而感動。但同時……」蘇青的停頓讓易晴好奇的望向了她。

「我也有一個好奇，剛剛你說出來的哀傷，好像都是關於媽媽的，不是關於你自己的？你傷心於媽媽可能的害怕、媽媽的孤單、媽媽的痛，可是卻沒有你自己的感受？」

蘇青的好奇讓易晴瞪大了雙眼。她沉澱思索了一下，困惑地說：「沒錯，**我怎麼好像體會不到，媽媽過世了，跟我自己相關的悲傷是什麼？爲什麼會這樣呢？**」

「孩子，辛苦了，不急，我們慢慢來，今天你已經接觸到很深的情緒，也讓它釋放出來了，這會讓你的身心都很疲累，所以回去好好休息，下次我們再繼續往下探索，好嗎？」

這一天，帶著對自己新的發現與困惑，易晴離開了蘇青的工作室。

3 與誰的死亡相遇？

我一直以為的「成熟」，以為的「度過哀傷」，會不會其實是一種「埋葬」？

圖12：與誰的死亡相遇？

才剛坐下，易晴立刻把心畫放在桌上，「這週我在家，繼續嘗試用心畫探看了『媽媽死亡』這件事，沒想到只有這個簡單的畫面。」

躍入蘇青眼中的，是一幅黑白分明的十字架，簡單而且明確。但是蘇青仍然注意到，畫中的黑色粉彩筆觸如此地濃重，一股密實而強大的力量迎面壓迫而來，一瞬間讓她幾乎無法呼吸。

她抬頭望向易晴，開口邀請：「多說一說這個十字架？」

「這是一個站立的黑色十字架……」才剛說完，易晴臉上突然出現遲疑的表情。「咦，現在越看這張畫，怎麼越覺得……它好像變成了一個平躺的十字架了。」她再度看了看桌上的畫，在遲疑中確認自己的感受。

「它厚實地躺在那裡。很沉重。沒有聲音。被完全封住了。完全的死亡。沒有呼吸。沒有空氣……」

蘇青試探地問：「可那是媽媽，你的生活裡還是有其他的空氣進來，對嗎？」

聽到這句話，易晴臉上浮起一個苦笑。她不加思索脫口說道：「可是那些已經死掉、已經封住的部份，是不會再有空氣進得去了。」

像是爲了充分表達自己的意思，易晴伸出左手，用手掌彷彿手刀從鼻尖往下一劃，把身體切成左右兩半似的：「即使我努力讓空氣進來，」再用右手從外往內劃作勢要把空氣引入身體，「它也只能進到我身體的右半邊。因爲左半邊已經被水泥完全封死了！」

話才剛說完，易晴好像又有更精準的感覺出現，她把鼻尖前的左手掌右移到右臉頰。

「或者，其實封死的區域是更多的，應該像這樣，超過三分之二。」

易晴猛然停了下來，滿臉驚訝的表情！

「還好嗎？有什麼新的發現或觸動嗎？」蘇青問。

「我……我有一點被嚇到了！我只是想到……如果這些我不自覺說出來的話是我內心最眞實的感受，那麼，死掉的，到底是誰？」

「是媽媽嗎？」

「還是，其實從那時候開始，我也一起跟著死掉了？！」

易晴的眼裡多了驚慌。

「你好像意識到，也許從媽媽過世之後，有好大一部分的你，也跟著封存死亡了？」蘇青跟易晴核對的問著。

另一個新的畫面和感覺跳進了易晴的心底。

「啊，它不是這樣左右切分的，它是這樣的……」易晴急切地把原本豎直在右頰的左手掌往下攤平，落在肩頸前方。「它其實是上下切分的！在這之下，都是被水泥完全封死，沒有任何一絲空氣可以進去！」

蘇青沒有開口，她選擇在一旁以靜默支持陪伴，讓易晴內在浮現的畫面帶著她繼續開展。

只見易晴低頭翻找畫冊，「是這張！」易晴急切地舉起一張心畫說：「我想起之前我畫的這棵大樹了！那時候我跟你說，『我的大樹生長在很淺層的土壤裡，她只能在很淺層的土壤裡扎根、只能在有限的土壤裡吸收養分！』那時候我不懂爲什麼我的生命大樹會是這樣？難道，原因是我剛剛看到的這個畫面嗎——我一大半的生命土壤，都已經隨著媽媽的去世一起被水泥封死了嗎？」

「孩子，你不再是替媽媽感受了，你開始接觸你自己了！」

蘇青的話，彷彿開啓了易晴長久以來與自己隔離的封印，當屬於她的感覺慢慢回來，她深深吸了口氣，更多的感覺在她的胸中洶湧波動著！她忍不住開始低頭啜泣。

蘇青輕輕起身，倒了兩杯茶回來。她安靜地給出時間和空間，因爲她知道，此刻易晴的每一滴淚水都是一種引領，引領她慢慢地、穩穩地回到自己的主體位置。

「謝謝你！」易晴的聲音裡仍然殘存著哽咽的餘音，忙著整理茶几上凌亂的面紙團。收拾完桌面，易晴端起熱茶輕啜了一口，一股雅緻的茶香從口中滑向喉嚨再盈滿了整個胃。

「剛剛我突然在想，以前我一直以爲的『成熟』，以爲的『度過哀傷』，會不會其實是種遮蓋和掩飾，或者，是一種『埋葬』？」

蘇青仍然不疾不徐的給了易晴一個安然的微笑，「旅程中，任何的發現都是美好的，我很欣賞你的覺察力量，也很感動你所體會到那些關於你自己的新發現，那都是屬於你的珍貴寶藏！」

☆　☆　☆

與蘇青道別之後，易晴刻意繞進公園裡散散步。

一邊走，她的耳畔繼續響起蘇青的這段話：「會不會，在媽媽去世之後，你埋葬的不只是媽媽的身體，在那同時，你也埋葬了記憶、感受、遺憾，更埋葬了還沒被好好照顧的哀傷。而在埋葬這些的同時，某一個部分的你，也彷彿死亡一般，被深深地埋葬了？」

易晴離開步道，走近一棵大樹，她先是伸出手，輕輕撫摸著粗糙有著節點的粗壯樹幹，然後轉身讓整個人背靠著它。順著傾斜的樹幹，她微微抬高的視野裡，看見成排的屋宇高樓也看見一片藍黑色的夜空。

她感覺自己的心裡依然交雜著恍然大悟與迷惘困惑，既清又濁，但她踩踏在泥土地上的雙腳，開始隨著她身後的這棵大樹，一起感覺到下方土壤裡有種往下延伸的甦醒。

「水泥封印開始裂開了嗎？」她問。

大樹沒有回答她。

她閉上雙眼，感受著大樹穩穩的承接和支持。

一陣風吹過，樹葉嘩啦啦作響，幾片落葉輕輕落在她的臉上。

夜跑的人輕震的腳步聲和微微的喘息聲。

遠遠傳來的梔子花香。

夜鷺輕輕的飛過。

這夜，還有多長才會天亮呢？

4 原來，永遠的意義是死亡

那是一個，殘酷的分水嶺……，

親愛的易晴：

今天離開之前，你跟我說「謝謝」，其實，這句「謝謝」也是我想要回應給你的。雖然看起來是我陪你走一段探索的路，但事實上你也讓我重新與自己的過往有了連結。「生命是互相滋養的」，這是我的信念，也是我在與你們一起心旅行的歷程裡，一再親身體驗、收穫的。

我們的文化避談死亡，我們也習慣以「節哀」來面對悲傷。曾經，我也如你一般，不自覺隔絕了關於媽媽過世的哀傷。也是在多年後當我開始走上心旅程時，我才試著回想起媽媽過世之後我眞正大哭的那一天……

在你開始碰觸媽媽死亡的封印感受的此刻，我想跟你分享我曾經書寫下來的這段記憶。

……昨天是媽媽過世後的百日，起床之後，我仍然好好扮演著需要撐起的日常角色，應對百日習俗與前來悼念的親友、安慰傷心欲絕的爸爸。甚至，我還負責任的接起一通通來自公司同事探問工作細節的電話。一直到深夜，當我一個人待在自己的房間，突然之間，我好像才「真正地」意識到……我最愛的媽媽，已經過世了……

「過世」，其實是以修飾過的婉轉取代直辣辣的「死亡」這個詞。在我們的文化裡、生活中，死亡如同《哈利波特》裡必須以「那個人」名之、深怕一出口就會把它召喚出來了的「伏地魔」一樣。我們避免與「死亡」正面相對、直呼其名。

「死亡」究竟意味著什麼呢？

在媽媽百日的晚上，獨自待在房間的我，心底突然有個聲音浮起：「我撐了那麼久！那麼久！怎麼會才過去一百天？」

就在那一刻，我所有壓抑的悲傷穿越了一切防線，讓我撕心裂肺低聲哀號。是的，我仍需要壓抑飲泣，才能避免那巨大深邃的悲傷，穿透水泥白牆，穿透爸爸那段時間薄淺的睡眠，擾動他好不容易才歇下的悲傷靈魂。在這樣的哀泣裡，我在心底吶喊哀號著：「如果現在才過了一百天，未來那麼長的日子，我究竟要怎麼樣才能『熬』過去？」

就在那一刻，我突然深切地明白了，什麼是「永遠」！

那是一個殘酷的分水嶺。

在今天之前，對我來說，「永遠」這個詞語後面跟著的，都是甜蜜發光的幸福。比如說：「我永遠『愛』你」！「永遠『快樂』」！「永遠『美麗』」！……但是在今天之後，我才真正懂得了是什麼「永遠」。

「永遠」真正的意思是：

這・輩・子・不・論・我・活・得・再・久

我・都・見・不・到・媽・媽・了。

在那一天，因爲媽媽的死亡，讓我懂得了「永遠」。也是在那一天，我關上了媽媽死亡的巨大疼痛與無以消化的巨大哀傷。我將某一些部分的我，跟著媽媽的死亡，一起埋葬在最深最黑的夜裡。

直到多年後當我走上心旅行，重新回看這天晚上的歷程，重新接觸到這個巨大的疼痛與哀傷，那時，我再度如同媽媽百日時一般的大哭。而且這一次，因爲爸爸也在四年前離開長年病苦，和媽媽一起相鄰而葬了，我終於不用再顧慮一牆之後的爸爸而壓抑我的哭泣。在那一夜，封印多年的哀傷終於宣洩而出，我哭得撕心裂肺，久久不能自已。也是在那一夜，在經過這麼多年之後，我終於可以開口說：「媽媽，我眞的好想好想你……」

今天，當我陪著你，看著你的發現與眼淚，心中也不時浮現出自己過往的這段歷程。正如旅程一開始我所說的：這是一趟「單獨，但不孤單」的旅行。從之前的「暗影」，到現在的「死亡」，我欣賞你如此勇敢的與她正面相對。因爲眞正的勇敢，不是不害怕；而是縱使帶著害怕，仍然向前跨步。

讓我們一起，帶著害怕勇敢前行……

深深的擁抱與祝福。

愛你的蘇青

5 眼淚、寶石、子宮！

原來，死亡通往的是誕生？

「很奇妙，這週我面對空白畫紙，一樣想著『死亡』的時候，看著粉彩盒裡上下兩層六十種顏彩，我突然不再像前兩次一樣被上層沉重色系所吸引，而是想要停留在下層的輕柔繽紛色系。我的手在這些色筆上方來回遊走，最後拿起了淡藍色粉彩。然後，我就畫了這個非常飽滿，幾乎占據整個畫面的淡藍色巨大水滴。」

才一進門易晴就忙不迭地一邊把這張輕柔粉藍色系的心畫遞給蘇青，一邊急切地分享。

圖13：眼淚、子宮、寶石

「後來，我又選了另一個像海水一樣的湛藍色，塗滿淡藍色水滴的周圍，好像一片把它溫柔包覆的大海！」

「再看一下這張心畫，跟她待在一起，試著感覺她，然後說說看，她讓你聯想到了些什麼？」

再一次的，易晴感受到蘇青聲音裡讓人放慢呼吸的安穩魔力。她接過畫，低下頭凝視，如同蘇青所說的「跟她待在一起」。時間，彷彿也在這個空間裡輕輕的放慢了腳步……

再抬起頭的時候，易晴說：「這個淡藍色的水滴，像是眼淚。」

然後她開始慢慢的說起關於媽媽死亡的悲傷……

「我眞的很捨不得她……」；「我眞的很希望她能看到我結婚，看到我生小孩……」；「我很希望當我經歷人生的重大困惑或者大困難的時候，她能在我身邊，她會聽我說，給我意見，或者就只是靜靜陪著我支持我……」；「我很氣老天爺，爲什麼要那麼早就把那麼好的人帶走……」

一句又一句的話接續著從易晴的口中流出，她的淚也不斷不斷地落下。蘇青注意到，上週易晴還無法碰觸與自己相關的悲傷和憤怒，都在這時候終於流動出來了。

☆　☆　☆

「我沒想到，我的眼淚藏得這麼深。」易晴慢慢地止住了眼淚。她再度拿起心畫，珍惜地凝視著這個她埋藏了那麼久的「眼淚」。

看著看著，突然她驚訝地抬起頭。

「怎麼了嗎？」

「我覺得，這顆被湛藍海水包覆的淡藍色水滴，有另一個新的感覺與圖像出現了！」

「你看到的是……？」

「好像是一顆寶石！」易晴急切的說：「你知道電影〈鐵達尼號〉裡著名的『海洋之星』嗎？就像那樣珍貴的巨大寶石！不過……」易晴的臉上換成困惑的表情，「不過『海洋之星』好像是神祕的深藍色，不知道爲什麼，我的這顆寶石是純淨的淡藍色……」

蘇青微笑聽著易晴一路不斷的新發現，她還不想介入這個易晴自己行旅的歷程。易晴整個人沉浸在自己的心流裡，她再度把視線回到畫上，不久抬起眼，聲音裡再度混雜著訝異與驚喜：「這個淡藍色的珍貴寶石，現在看起來怎麼像是一個子宮？！」

蘇青靜默著點著頭，臉上的笑意更深了。

「這個被淡藍色的水溫溫柔柔的包覆著，既安全又溫暖的感覺……是我在媽媽子宮裡的感覺！」易晴笑著指指心畫中的藍色水滴，眼中閃著快樂的淚光！

她開始說起她的家庭排序，「爸媽是在哥哥出生五年後生下我的，所以……他們是滿心期待著我——一個女兒的到來！所以……我是在愛與期待中被孕育、被誕生、被照顧的！」

易晴的臉上帶著止不住的笑意！「對！我記得，在媽媽懷我的期間，我就是在這樣一片既溫柔又明亮的淡藍色的愛裡長大的……」像是記起了一個被遺忘許久的記憶，易晴流著淚又帶著笑的跟蘇青說：「我是一個被爸爸媽媽期待的孩子！我是一個因愛而生的孩子！」

在易晴如同春日花開般笑容裡，蘇青感受到，這個遺忘已久的記憶，就像是一股暖潮將易晴包覆。像是回到了與媽媽初相遇的起點——在子宮裡，透過臍帶（期待），易晴和媽媽（也和爸爸）的愛緊密連結著。

蘇青看著易晴閉上雙眼，臉上洋溢著發光般的幸福微笑。她爲眼前的這一幕深深感動，因爲蘇青知道，閉上眼的易晴正全心全意重新感受自己在媽媽子宮裡的那份愛、那份溫暖；再度在淡藍色的海洋裡，感覺到自己被毫無縫隙、完整而全然的擁抱著……

那是易晴生命的起點。

睜開雙眼，易晴整個臉龐、甚至整個人彷彿發著光。「我眞的沒有想到，這一次從接觸媽媽的死亡出發的心旅行，最後遇到的卻是誕生！太奇妙了！原來，死亡通往的是誕生！」

蘇青微笑，用安靜拓出一片寬廣的空間。

在這片空間裡，她陪著易晴一起更深地體驗著，兩極相遇時，那宛如極光般絕美的奇幻光波……

6

遇見完整新世界

原本以為要遇見的是暗影，
沒想到卻遇見了生命初始的光亮！

擠過下班後的車潮，易晴依約來到蘇青位於市中心的工作室。一進門，滿室淡淡的精油香氣和舒緩的音樂讓易晴放慢了呼吸。

「開始今天的心畫之前，我想先給你看看這個。」易晴遞出一張心畫，蘇青一眼就認出是之前那張「紅色蓬裙女人」（圖10）。只是這次畫中的成熟女人，雙手往前伸出，和對面的男人伸出的雙手做出了連結。

「昨天晚上我突然覺得，這個女人的手是伸向對面這個男人的，所以我把它完成了！」

「這是很美的連結！」蘇青語氣裡流露著驚嘆。

「是啊！我覺得現在這張畫終於才算眞正的完成了！」易晴一臉開心的說。

「我感覺，你已經準備好往下一個階段探索了。現在，你想要先聊一聊這個連結的意義？還是開始今天的心畫？」

「嗯……我想繼續畫，雖然不知道會畫出什麼，但是很奇怪，我好像很期待今天的探索！」

「當然好，來吧！」蘇青帶著易晴往木質大長桌移動。

☆　☆　☆

面對眼前的空白畫紙，易晴輕輕吸氣，又緩緩地吐氣，然後伸手在好幾盒不同材質的畫筆中挑出一盒粉彩筆，放在畫紙正上方，再慎重地打開來，彷彿儀式似的。易晴微皺著眉思索了一會兒，再抬起頭跟蘇青說，「我突然想到之前畫裡的女人胸線。」蘇青朝著易晴點了點頭表示理解。

低頭回到自己的世界裡，易晴開始落筆。是那條微彎的粉膚色女人胸線，接著，另一邊與之對稱的線條落下；然後是右方外擴的第二條曲線、相對稱的左邊第二條外括曲線……

「啊！是一個陰道口啊！」易晴輕聲的驚呼著！

「陰道口，會讓你聯想到什麼呢？」蘇青打破之前的沉默，輕聲問了一句。

「是……『女人』。」易晴嘗試抓取自己心中浮現的意象字詞……

「是……『出生』……嗯……是一個生命誕生了嗎？或者，是一個女人誕生了嗎？……我不知道……」易晴的語氣交織著發現與困惑，蘇青沒接話，只是以安靜護住一方神聖的結界空間，讓易晴與內在對話。

彷彿沉浸在自己世界裡的易晴帶著困惑繼續落筆，微彎的粉膚色曲線如同漣漪一般，對稱地一層一層向外擴散。

「啊！是一個洋蔥！」

筆還是沒有停，粉色曲線繼續對稱地往外延展擴大地畫著。

「是一顆心！一顆敏銳的洋蔥心！」

第三個意象浮現了。

圖14：洋蔥心

☆　☆　☆

易晴稍微挺起身子，帶著一點距離細細看著紙上的粉膚色陰道口、粉膚色洋蔥心。

「看著這張心畫，你的內心有什麼觸動嗎？」蘇青的聲音像一泉清透的水，流滑過易晴的耳朵。

「有一些我說不清楚的什麼在這裡，」易晴用手在胸口心臟的位置比了比，「好像完成了，但也好像還沒結束……」側著頭，易晴在困惑中思索著。

「如果還沒完成，你感覺會是什麼呢？」蘇青的聲音裡多了微微閃亮的好奇金粉。

易晴原本困惑游移的視線，開始停留在洋蔥心的上端。「那裡似乎有些什麼……」只見她的手伸向粉彩筆盒，在細緻的顏彩間游移感覺著，最後落在彷彿初春新綠的黃綠色粉彩筆上。

由粉膚色的洋蔥心上端為起點，開始向右上方延伸了一條彎彎的線條直頂畫紙的上端，微微勾勒，嫩綠的葉片開始萌發。筆觸繼續流動到左方……「是一棵嫩綠的藤蔓！」易晴抬頭看著蘇青說：「**但這個藤蔓往上生長，去了哪裡呢？**」

「你對上面的那個世界好奇？」蘇青拿出另一張空白畫紙，「讓好奇帶著你繼續探險？」

易晴點了點頭，接過畫紙，立刻從底端開始落筆，往上畫出朝天際生長的藤蔓。「怎麼像是『傑克與豌豆』裡往天上長的藤蔓啊！」她驚呼道，抬起頭眼睛發亮地看了蘇青一眼，然後很快地又低下頭繼續沉浸在自己的世界裡，直到終於完成了另一幅心畫。

在這張畫紙的底端，有三株藤蔓往上伸展生長；在其上，是一片澄藍的天空；最上方，則是一道美麗的彩虹！蘇青注意到，多次在易晴畫中出現的彩虹，這次不再偏移在畫紙的邊角處，而是一道高掛在正中央，橫跨整張畫紙的完整美麗曲線——紅、澄、黃、綠、藍、靛、紫——七個色彩飽滿地存在。

蘇青沒有出聲，安靜地看著易晴動手把「洋蔥心」（圖14）

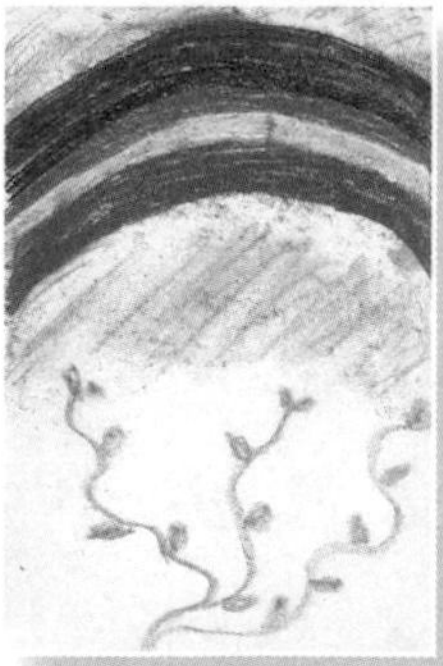

圖15：彩虹天堂

和「彩虹天堂」（圖15）兩張心畫上下接起來，並且凝神望著這個拼起的圖像。

「咦，我怎麼覺得，下面還有一個世界？」這次沒等蘇青指引，易晴直接伸手拿了另一張空白畫紙，開始了另一個向未知探索的歷程……

只見紅褐色的粉彩勾勒出根莖，從畫紙頂端細密地向下延伸擴展。停筆，她看著下方尚有四分之三的大片空白，喃喃自語：「這下面，究竟是什麼呢？」

蘇青注意到，**和剛剛描繪上方世界圖像時的流動與輕鬆截然不同，易晴似乎對這個地底世界無比的陌生。**

易晴沒有分神抬頭或求助，她像是掉進自己的世界裡似的，繼續跟自己的困惑和空白感在一起。她凝視著畫紙，過了一段時間，只見她再度伸出右手游移在各色粉彩筆之間，依著感覺的指引，拿起淡藍綠色的粉彩筆，從畫紙的最底端畫出幾道橫線，然後放下筆，用手指輕輕地摩擦粉彩線條，讓顏色暈染開來。

「原來是一片藍綠色的湖泊啊！」易晴輕呼，認出了在這個地下世界的最底處，竟然是一片純淨清澈、毫無雜染的水世界。

驚訝的表情只閃現了一下，她的臉上又浮現出被迷霧籠罩的困惑表情。她的視線落在紅褐色根莖和純淨清澈湖泊之間，那片尚未被畫出的空白畫紙。

「究竟這裡是什麼呢？」易晴向左微側著頭，不自覺皺起了眉頭。

透過這些細微的動作和表情，蘇青再一次感受到，易晴對於這個地下世界是如此的陌生和茫然，但也同時感受到她正努力地獨自探索著。

蘇青依然靜默不打擾，陪伴易晴待在這個不知什麼時候才會見到霧中微光的等待裡。

輕輕地深呼吸，慢慢地吐氣，易晴一點一點沉靜地靠近內心裡的那個迷團。當混濁的暗影逐漸沉澱，清明的微光逐漸浮現，只見她果決地伸手拿起深褐色粉彩筆，在地底的純淨湖泊上方加上厚重的線條，一筆，又一筆，再一筆。

「是腐土！」易晴認出了這個圖像。

她的手沒有停，在腐土上陸續疊加上一層墨綠色的腐葉、一層咖啡橘的土壤，深摩卡色的大小石頭散布其間、一層藍色水層；然後往上又是腐葉、泥土層、大小石礫、水層……

易晴終於停住了手，注視著這幅心畫。

「哎呀！我知道了！原來是這些大大小小的石頭層，讓土裡有空氣流動的空間！」說完，她繼續往上層疊畫著，直到接觸到先前畫出的細密紅褐色根莖。

正當蘇青以為整張心圖都已完成的時候，只見易晴又拿起紅褐色粉彩筆，開始更有力道地強化每一條根莖，讓它們有力地往下延伸，穿越泥土、大小石頭、腐葉……最終，碰觸伸進最底層

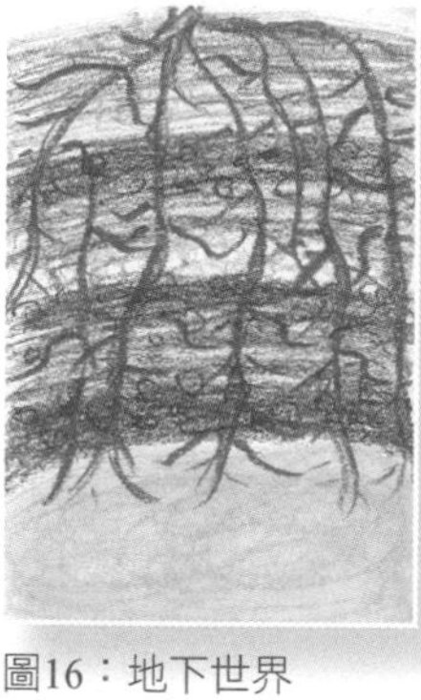

圖16：地下世界

的那片澄藍色的純淨湖水。

☆ ☆ ☆

「這眞的太神奇了！」易晴往椅背上一靠，深深呼出一口氣。

「有什麼觸動到你了嗎？」蘇青不疾不徐地問。

易晴坐起身說：「**原本我以爲，地底世界都是黑暗、腐爛、恐怖的**，所以我很怕她，我很不喜歡她，也一直很不想看她。可是剛剛，在畫她的過程中，我突然明白，**原來在地下世界裡，居然有一個天然的『再生』系統耶！**」

「再生系統？」

「對呀！你看這裡！」易晴指著畫紙跟蘇青解說，「一層層的腐葉、泥土、石頭、水……不就是一個設計精密的『再生循環系統』？即使上面有髒水流下來，穿越這一層層的再生循環系統，就會被過濾成乾淨的水，流進最底層的湖泊裡。或者……」彷彿在思索些什麼似的，易晴突然放慢了語速……

「或者？」蘇青巧妙的用延伸的探問句推動易晴向下探索。

「或者……這個地下世界，底層原本就是一片純淨的湖水？它也會對這些伸展下來的根莖供輸乾淨的水源……？」

遲疑地說出這些閃現心底的話語，易晴困惑地抬起頭看蘇青，「是這樣的嗎？我的地底世界，有可能最底層原本就是一片純淨的湖水？」

蘇青微笑著說，「關於水的象徵意義，在佛洛伊德的觀點裡和子宮有關，也許，你的這片地下湖泊正是孕育你的『子宮』，你原初的『家』——也就是你的生命力！或者，榮格也認爲，水，是潛意識的重要象徵，而潛意識正是我們所有創造力的泉源。

「我感受到，今天的這段心畫歷程正是你的生命力在帶領你，讓你開始願意往地底世界探索，允許那些根莖往下碰觸那些過往被你認爲是噁心、恐怖、髒汙，於是一再迴避的腐葉、腐土、爛泥。你看見，她穿越了這些腐層，甚至最終她碰觸到這個地底世界的最底層——一片澄藍純淨的地下湖泊。」

眼睛裡閃爍著感動，易晴伸手把三張心畫由上而下拼接起來，低頭注視良久。她喃喃自語的說：「原來，這就是我的完整世界！我終於……見到她了！」

圖17：完整世界

「這個由三張圖組合起來的完整世界，眞的是好豐富的圖像！我在想，如果我們再慢下來，再停留一下，你再看看這個完整世界，還會有什麼新的發現嗎？」蘇青繼續引領著。

「還會有什麼新發現？」易晴一邊重複著蘇青的問句，一邊再把注意力回到心畫上。她站起身來，讓視線能夠更全面地在長形圖像上來回梭巡，感受……

「天呀！」易晴驚呼一聲，劃破了原本的安靜。

易晴指了指心畫的上下兩端，「上方世界的這片蔚藍天空，和地底世界的這片淡藍色湖泊……她們，上下互相映照！她們，其實是一樣的！」

蘇青輕輕暗壓下心中的感動，先穩穩的繼續以探問陪伴往下探索，「這個發現，帶給你什麼觸動或者新的理解？」

「呼，」易晴深深的吐出了一口氣，「**原來，我一直以爲的對立兩極，其實不是絕對的相異——就像這片天空和這片湖泊都是美好純淨的力量，她們在不同的位置滋養我、保護我、照顧我。**」聲音裡混雜著開心與哽咽，易晴繼續說著：「就像在這趟心旅行的一開始，我遇到了我的『綿羊』和『獵豹』，她們都有豐富又獨特的特質，她們都愛我，都竭盡所能的想幫我。

「原來，我的兩極，不是對立，而是豐富的寶藏啊！」

聽著易晴這段珍貴的自我發現，蘇青眞誠的回應著：「儘管只是旁觀陪伴著，和你一起看到這片完整景色，我也覺得好感動！你是一個很幸福的主人，擁有綿羊，也擁有獵豹；你擁有天上的藍天，也有地底的泉水。當你眞正認出她們、開始欣賞她們、伸手悅納她們，原本遙遙對立的兩個點，開始被你連結成了一個廣大的圓。

「我記得，**原本你以爲要遇見的是暗影，沒想到現在你卻遇見了自己本具的光亮！**這眞的是好美的一段旅程！謝謝你讓我一起看見這麼奇幻又眞實的風景，對我來說，這就是每個人心中都自具的美麗極光！

「因爲你看見了，所以我也再一次看見了！」

蘇青聲音裡是感動，是眞誠，也是眞心的快樂。她起身，張開大大的雙手，燦爛的笑容掛在臉上，「我可以抱抱你嗎？」

易晴帶著臉上一顆顆晶瑩的淚水，起身往前大跨步，迎向蘇青的溫暖擁抱。

7 涵容圓滿的新實相

越是相距遙遠的兩個端點，
連結整合起來就是越大的一個圓！

親愛的易晴：

和你一起走的這段心旅程，眞是一段珍貴的經歷！

陪伴著並且旁觀著你的這段歷程，讓我想起榮格說過，「當精神『回來』的時候，它並非如中世紀的天使報喜意象——代表聖靈的鴿子從天而降，同時也是如同亢達里尼蛇一般從身體的地下世界往上升。當精神的這兩個面向相遇，我們的靈魂或心靈便會誕生。」

你在開始這張心畫之前，給我看的那張成熟女人的完成圖——紅色蓬裙的成熟女人，她終於可以伸手握住了對面男人伸出的雙手。我彷彿看到，當你過往壓抑的創傷被你自己接觸、擁抱、療癒，原本停格在過往的受傷小女孩被整合進現在成熟女人的你。這個在療癒轉化的過程中，與深奧陰性智慧連結的成熟女人，也逐漸有能力伸出雙手，開始接納、連結曾被你推開的內心的男性能量，也就是榮格說的阿尼姆斯，於是原本內在分裂的兩極，開始相遇、連結、整合。

由這個開始完整的內在自我出發，藉由心畫呈現——從象徵陰道的洋蔥心中誕生，藉著傑克的豌豆攀爬而上，擁抱完整彩虹的上方世界；又帶著勇氣隨著洋蔥心的根莖往地下深入，細細認出了屬於你的地下世界。這三張心畫，最終拼成了一幅「完整世界」的實相。

你認出了，這人世其實不是兩極的對立，而是合一的大圓滿。

以前，你不願意靠近任何「負面」的暗影，你以爲那些是你無法承受的黑暗、痛苦和冰冷。你**不知道自己其實擁有充滿力量的澄藍色純淨本質——她不只在上方的靈性世界引領你，也在下方的暗獄世界承接你**。

其實我也曾經是這樣的。我們都在成長歷程中，對於某些經歷有了錯誤的解讀，然後困執地把兩極看成是對立的，接著做出擇選一方、厭棄一方的決定。**我們讓自己一直在兩極對立中辛苦地折返跑，沒有一個地方是歸屬！**我們是失家的孤兒，惶惶然四處流浪、無處安頓自心與自身。

你也許會困惑，你在地底世界看見的「設計精密完善的再生循環體機制」究竟是怎麼存在的？這個力量究竟是怎麼擁有的？這些年，無論是我自己往內的心旅行，或者是陪伴他人的心旅行，我一次又一次看見，答案，正是你在地底世界的最底層看見的那片「純淨澄藍的水源」。

那是我們每個人都自具的生命純淨的本質與力量。

我想起我一直很喜歡的這首詩，多年來，它也一直是我生命中的美好信念：

半畝方塘一鑒開，天光雲影共徘徊；

問渠哪得清如水，爲有源頭活水來。

你的「彩虹天堂」裡的澄藍天空，和「地底世界」裡的澄藍水源，上下共存、彼此映照，**完整了這個廣闊的世界——無論是上方或下方，無論是正向或負向，我們其實都有力量可以涵容兩端**。

我在心旅行的歷程裡，一次、又一次、再一次……經驗著並見證著：

「原本越是相距遙遠的兩個端點，一旦連結整合起來，就是越大的一個圓！」

親愛的易晴，我們終於不用再疲憊地折返跑了，在這個新的實相裡，我們找到自己安然的存在，也找到完整的力量。

是的，這是我們的實相——我們不是分裂對立拉扯的單點，我們是一個美好的大圓！

深深的擁抱與祝福。

愛你的 蘇青

8 未竟

最深的黑暗裡，有最亮的光！

整座山上，星花草正值花季，細長花瓣在綠草間熊熊然燒成一片金黃。這個山上小屋的前庭花園裡，也種著各種不同的花，黃水仙花期將盡，鬱金香正競相綻放。蘇青坐在門廊前的躺椅上，剛剛整理園藝時用的寬大草帽擱在一旁。微涼的風吹來，帶著一股新翻過的泥土清香。

滿頭灰白髮的永浩和大黃狗Bobo散步回來，在庭院前的信箱前停頓了一下，然後慢慢走了過來，遞給蘇青幾封書信。

「累壞了吧，我去煮杯你最愛的耶家雪夫？」蘇青伸手握了握永浩的手，用滿眼溫柔的笑意表達感謝。

拍了拍蜷臥在腳邊的大黃狗Bobo的頭，蘇青翻翻手中的信件，抽起一張在群峰間閃耀著日出光芒的明信片。翻過來，幾行字躍入眼簾……

親愛的蘇青：

我和志遠以及小蝴蝶一起來山上旅行了。今天天還沒亮，我們就摸黑出門，一起守候了好久，才看見這個從最深的黑暗裡出現的美麗日出。

是的，最深的黑暗裡，有最亮的光！

想把這個美麗的日出送給你。

謝謝你，陪我走過這段心旅行。

遇見了我的暗影，也遇見了我的日出！

遇見了我的美人魚，也遇見這個完整圓滿的心世界！

我知道這旅行尚未結束，前方還有很多未知的風景等著我去經歷。

我知道那裡會有光亮，也會有黑暗，但是我不再害怕。

我會說，我期待……

願把最美的祝福都送給你

愛你的 易晴

1 魔性墨黑花朵

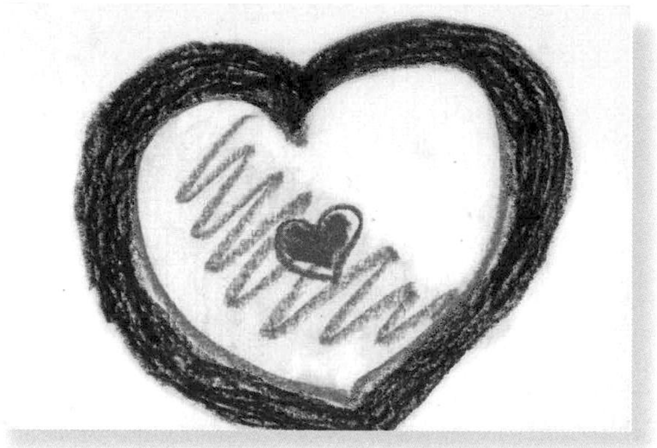

2 剛強之心，柔弱之心

3 膿血狂舞者 vs. 純淨粉薔薇

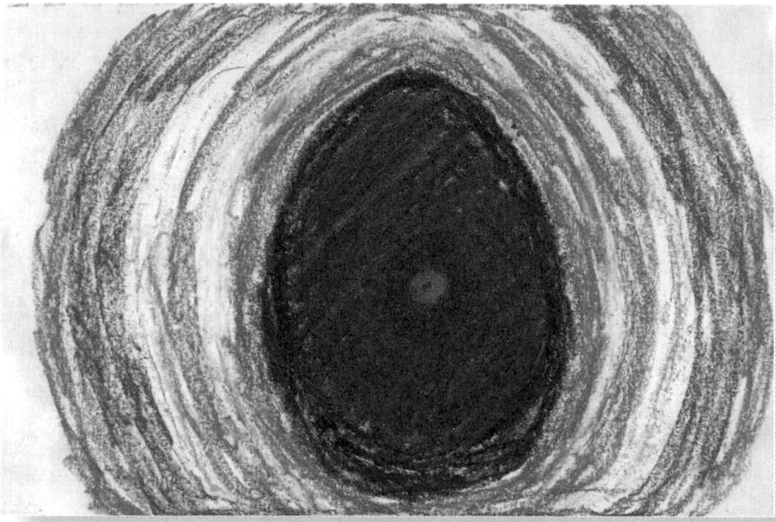

4 暗影開光

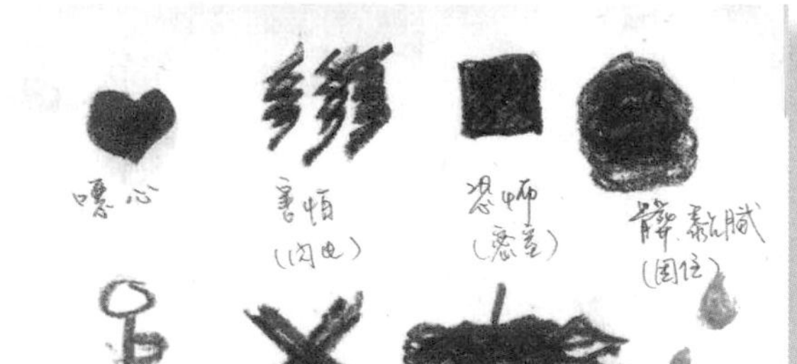

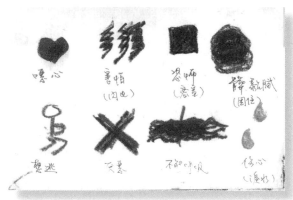

5 八個負面情緒

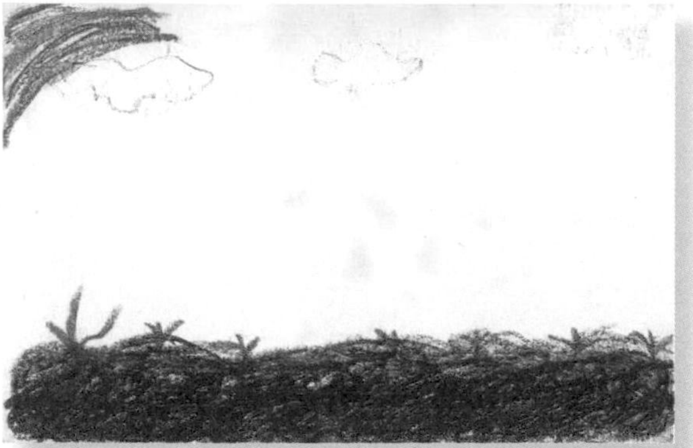

6-1 枯竭中渺小的生機

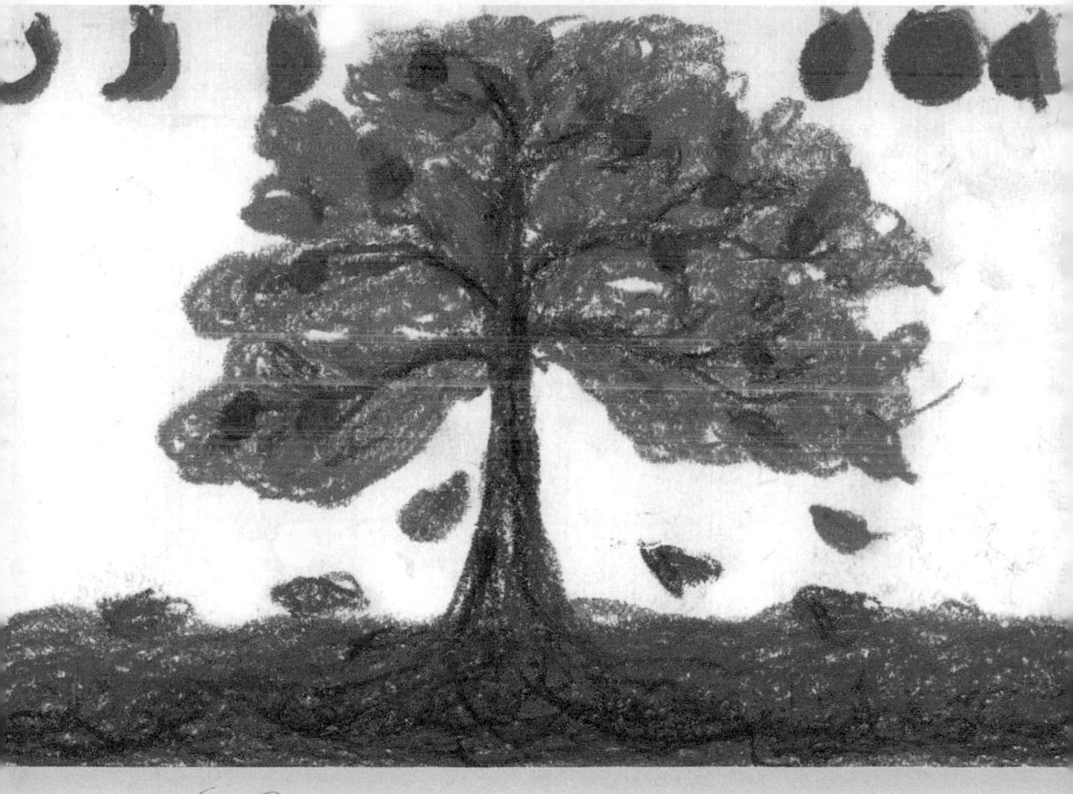

6-2 圓滿大樹

7 我不要你！

8 憤怒？菩提？

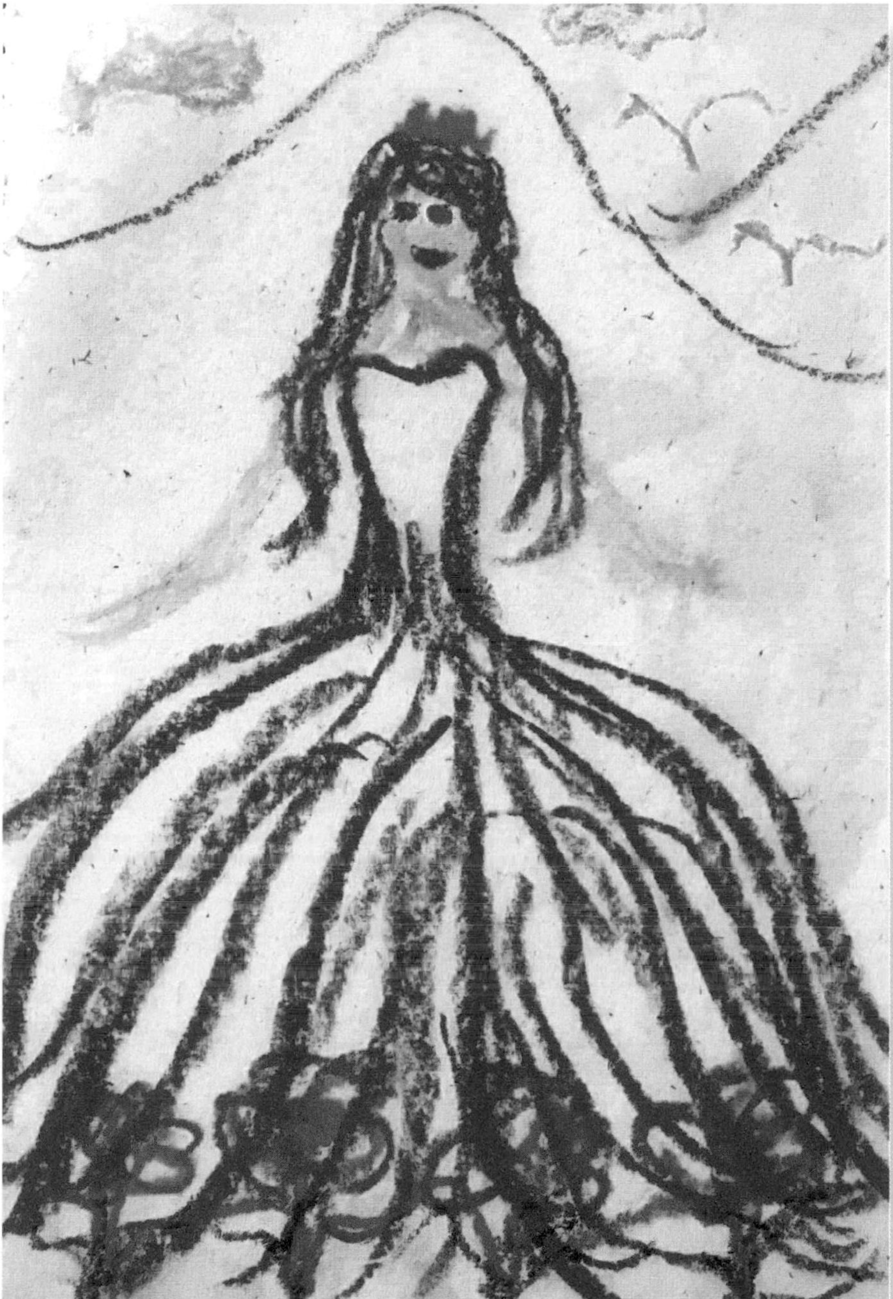

9 快樂小女孩

10 紅色花朵裙的成熟女人

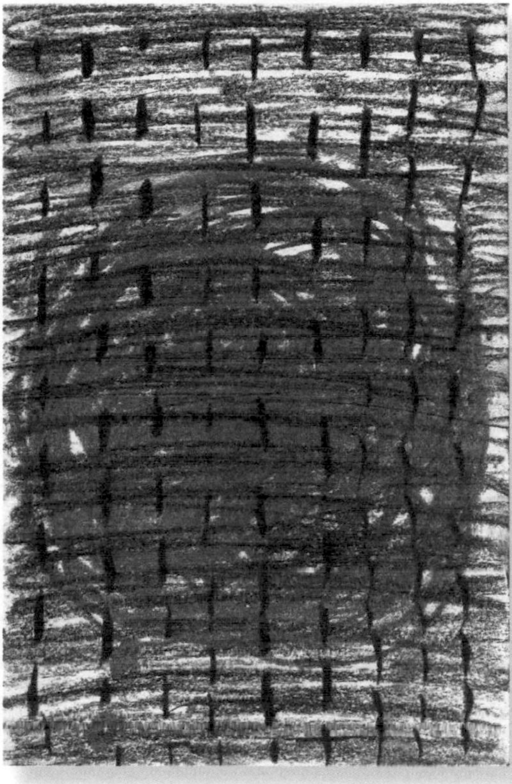

11 是誰的哀傷？

12 與誰的死亡相遇？

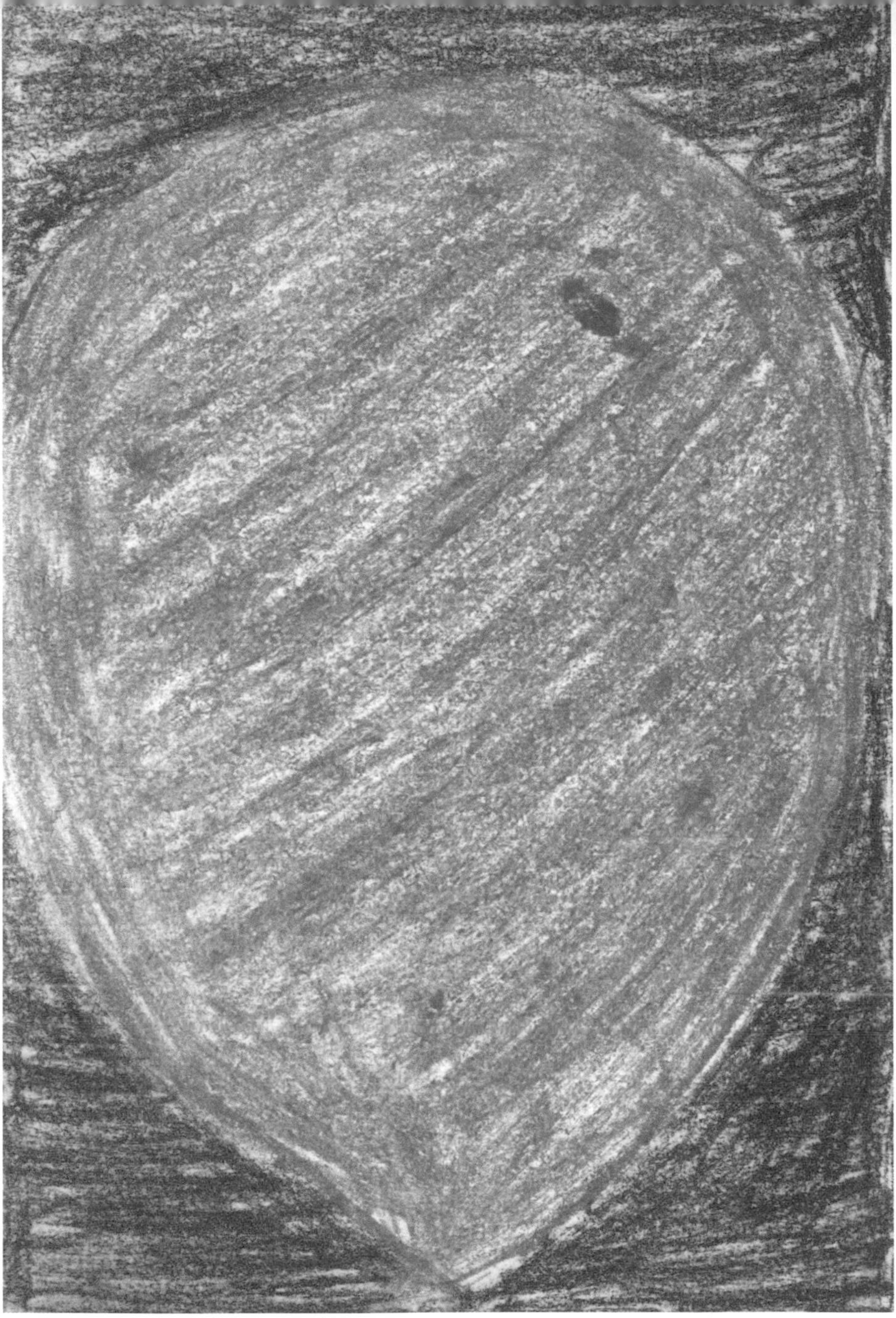

13 眼淚、子宮、寶石

14 洋蔥心

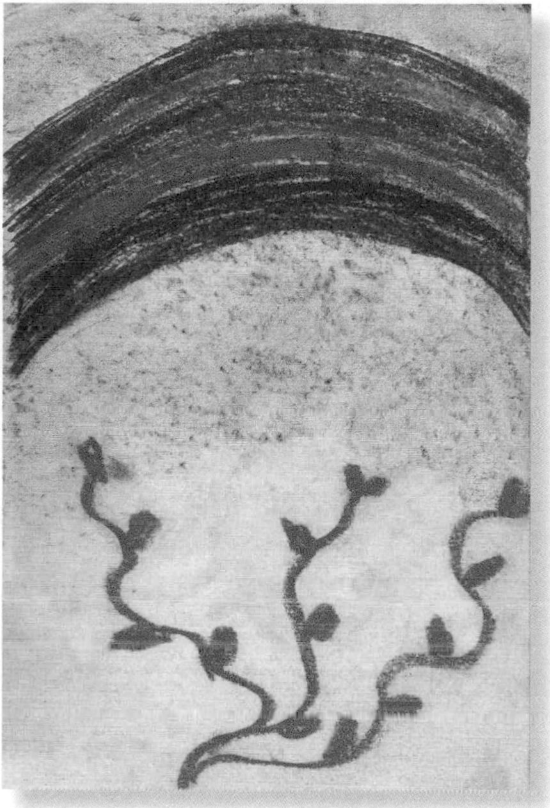

15 彩虹天堂

16 地下世界

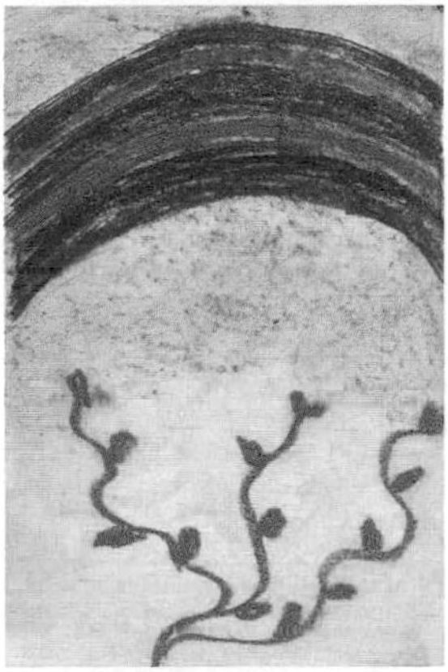

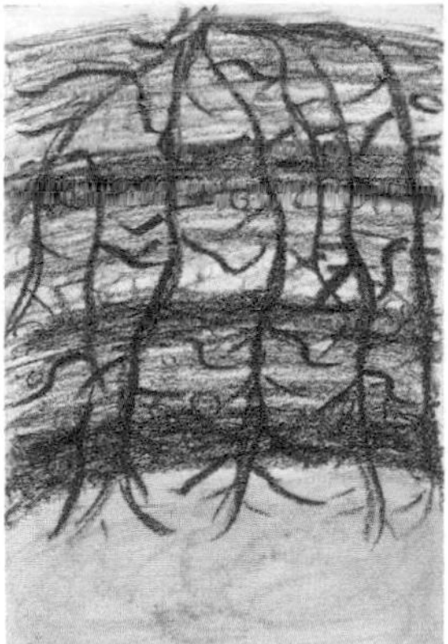

17 完整世界

延伸閱讀（按照出版時間排序）

- 《當我遇見一個人：薩提爾精選集1963-1983》（2019），薩提爾（Virginia Satir）著，約翰·貝曼（John Banmen）編，心靈工坊。
- 《成為我自己：歐文·亞隆回憶錄》（2018），歐文·亞隆（Irvin D. Yalom），心靈工坊。
- 《敘事治療的精神與實踐》（2018），黃素菲，心靈工坊。，
- 《最想說的話，被自己聽見：敘事實踐的15堂課》（2018），黃錦敦，張老師文化。
- 《第七感：啓動認知自我與感知他人的幸福連結》（2018），丹尼爾·席格（Daniel Siegel），時報出版。
- 《源氏物語與日本人：女性覺醒的故事》（2018），河合隼雄，心靈工坊。
- 《失落的一角遇見大圓滿》（2018），謝爾·希爾弗斯坦（Shel Silverstein），水滴文化。
- 《創傷的內在世界：生命中難以承受的重，心靈如何回應》（2018），唐納·卡爾謝（Donald Kalsched），心靈工坊。
- 《童話中的女性：從榮格觀點探索童話世界》（2018），瑪麗-路薏絲·馮·法蘭茲（Marie-Louise von Franz），心靈工坊。
- 《童話中的陰影與邪惡：從榮格觀點探索童話世界》（2018），瑪麗-路薏絲·馮·法蘭茲

（Marie-Louise von Franz），心靈工坊。

- 《公主走進黑森林：榮格取向的童話分析》（2017），呂旭亞，心靈工坊。
- 《溫柔是我，剛強也是我：來自薩提爾的生命啓發》（2017），胡慧嫚，方智出版。
- 《榮格心靈地圖（三版）》（2017），莫瑞・史丹（Murray Stein），立緒出版
- 《與狼同奔的女人》【25 週年紀念增訂版】（2017），克萊麗莎・平蔻拉・埃思戴絲（Clarissa Pinkola Estés），心靈工坊。
- 《凝視太陽：面對死亡恐懼（全新增訂版）》（2017），歐文・亞隆（Irvin D. Yalom），心靈工坊。
- 《心靈的傷，身體會記住》（2017），貝塞爾・范德寇醫師（Bessel van der Kolk），大家出版。
- 《童話心理學：從榮格心理學看格林童話裡的眞實人性》（2017），河合隼雄，遠流出版
- 《積極想像：與無意識對話，活得更自在》（2017），瑪塔・提巴迪（Marta Tibaldi），心靈工坊。
- 《解讀童話：從榮格觀點探索童話世界》（2016），瑪麗-路薏絲・馮・法蘭茲（Marie-Louise von Franz），心靈工坊。
- 《榮格心理學不插電講堂：我的大象生活》（2016），達瑞爾・夏溥（Daryl Sharp），城邦印書館

- 《紅書：讀者版》（2016），卡爾・榮格（C.G. Jung），心靈工坊。
- 《纏足幽靈：從榮格心理分析看女性的自性追尋》（2015），馬思恩（Shirley See Yan Ma），心靈工坊。
- 《尊重自己》（2014），薩提爾（Virginia Satir），張老師文化。
- 《心的面貌》（2014），薩提爾（Virginia Satir），張老師文化。
- 《與人接觸》（2014），薩提爾（Virginia Satir），張老師文化。
- 《成爲一個人：一個治療者對心理治療的觀點》（2014），卡爾・羅哲斯（Carl Rogers），左岸文化。
- 《愛因斯坦的夢》（2013），艾倫・萊特曼（Alan Lightman），商周出版。
- 《小大人症候群》（2013），約翰・弗瑞爾、琳達・弗瑞爾（John C. Friel &Linda D. Friel），心靈工坊。
- 《中年之旅：自性的轉機》（2013），莫瑞・史丹（Murray Stein），心靈工坊。
- 《轉化之旅：自性的追尋》（2012），莫瑞・史丹（Murray Stein），心靈工坊。
- 《英雄之旅：個體化原則概論》（2012），莫瑞・史丹（Murray Stein），心靈工坊。
- 《榮格心理治療》（2011），瑪麗-路薏絲・馮・法蘭茲（Marie-Louise von Franz），心靈工坊。

- 《當下，與你眞誠相遇：完形諮商師的深刻省思》（2009），曹中瑋，張老師文化。
- 《敘說分析》（2008），Catherine Kohler Riessman，五南。
- 《塗鴉與夢境》（2007），溫尼考特（Donald W. Winnicott），心靈工坊。
- 《榮格解夢書：夢的理論與解析》（2006），詹姆斯．霍爾博士（James A. Hall, M.D.），心靈工坊。
- 《家庭如何塑造人（新版）》（2006），薩提爾（Virginia Satir），張老師文化。
- 《沉思靈想》（2006），薩提爾（Virginia Satir）、約翰．貝曼（John Banmen）、珍．歌柏（Jane Gerber），張老師文化。
- 《沙遊療法與表現療法》（2004），山中康裕（Yasuhiro Yamanaka），心靈工坊。

Story 024

找回聲音的美人魚

Mermaid Who Finds Her Voice

作者：胡慧嫚

出版者—心靈工坊文化事業股份有限公司
發行人—王浩威　總編輯—王桂花
責任編輯—黃心宜
內文設計排版—董子琹
封面繪圖—李冠霈（Kuan Pei Lee）
通訊地址—106台北市信義路四段53巷8號2樓
郵政劃撥—19546215　戶名—心靈工坊文化事業股份有限公司
電話—02) 2702-9186　傳真—02) 2702-9286
E-mail—service@psygarden.com.tw　網址—www.psygarden.com.tw

製版・印刷—中茂製版印刷股份有限公司
總經銷—大和書報圖書股份有限公司
電話—02）8990-2588　傳真—02）2290-1658
通訊地址—248新北市五股工業區五工五路二號
初版一刷—2020年2月　ISBN—978-986-357-173-5　定價—380元

國家圖書館出版品預行編目資料

找回聲音的美人魚／胡慧嫚著. -- 初版. --
臺北市：心靈工坊, 文化, 2020.02
面；　公分. --（Story；24）
ISBN 978-986-357-173-5（平裝）

863.57　　109000486

2/1刷